殺し屋商会

柴田哲孝

双葉文庫

目次

殺し屋商会

第一話　復讐代行相談所

1

黄昏の街を男が一人、歩いていた。

風采の上がらぬ初老の男である。

薄汚れたスウェットの上下に、足下は毛玉の付いた靴下を穿き、安物のサンダルを突っ掛けていた。丸めた背には、桜の散りはじめたこの季節に相応しくないキルティングの上着を羽織っていた。

男は歩道でふと足を止め、マスクの下で何かを呟いた。

人生なんて、そんなものだ……。

街を行く買い物途中の主婦や学校帰りの女子高生が、訝しげに男に視線を向ける。だが、次の瞬間には男のことを忘れ、通り過ぎて行く。

男はまた、歩き出した。丸めた背に、桜の花びらが落ちた。

駅前の路地を抜けて、男はいつもの居酒屋の暖簾を潜った。

早い時間なので、店に客はほとんどいなかった。いつものカウンターの隅の席に座り、いつもの酎ハイセットを店員に注文した。

男はマスクを外して突き出しの煮物をつまみ、それを酎ハイで飲み下した。

別に、この店が美味いわけじゃない。手っ取り早く酔える。それだけだ。

半分ほどに減った酎ハイのグラスを見つめながら、考える。

どうせ人生なんて、そんなものだ……。

桜も、この酎ハイも同じだ。花は散ればゼロになるし、酒も飲んじまえばゼロになる。

人生だってそうだ。この世に生まれていくら真面目に頑張ったって、死ぬ時には皆、ゼロになる……。

田中信浩《たなかのぶひろ》の人生は、その平凡な名前に相応しく平穏で、差し障りのないものだった。

私立だが一応は大学を卒業し、そこそこの企業に就職もした。さほど美人とはいえないまでも、優しい妻にも巡り合えた。結婚は少し遅かったが、可愛い一人娘にも恵まれた。

自慢できるほどのものではないが、建売りの一軒家も買った。やがて娘も育ち、結婚して、初孫の顔を見ることもできた。

あとは会社を定年で退職し、少しばかりの蓄えと年金を頼りに、つつがなく老後を送るつもりだったのだが……。

それなのに、なぜこんなことになってしまったのか。考えるまでもない。すべてはあの〝事故〟が発端だった。

田中は自分よりも二〇歳以上も歳上のたった一人の老人が起こした交通事故で、愛する一人娘の結衣《ゆい》と四歳になったばかりの孫を同時に失った。その一年後に、心労のあまり妻の真知子《まちこ》も自殺した。たった一人この世に取り残された田中は、これからの人生のすべてを失った。

それなのに〝あの男〟は自分の非を認めずに、裁判で無実を主張している。元官僚のエリートだか何だか知らないが、人を二人も轢き殺しておきながら逮捕さえされなかった。そして遺族である田中に対し、まともに謝罪すらしていない。

いや、二年前のあの事故の正式な遺族は、若い妻と幼な子を殺された娘婿の高岡健太郎《たかおかけんたろう》君だ。マスコミや裁判、そして司法の行方を見守る社会全体が、暗黙の内にそう認めている。

すでに娘を嫁にやった田中には、さらに妻まで失っても、遺族として悲しむ権利さえ残されていないのだ。

自分の人生は、死ぬ前にすでにゼロになった。あとはこうして酒を飲みながら、体が腐って死ぬのを待つだけだ。

どうせゼロなら、死ぬ前にあの男を殺してやりたい。自分の手で……。

最近は本気で、そう思うことがある。

「すみません、田中信浩さんではありませんか」

名前を呼ばれて、我に返った。

視線を上げると、カウンターの隣の席に若い女が座っていた。隣とはいってもこのコロナ禍なので、椅子をひとつ空けた二つ目の席だが。

「なぜ、私の名前を……」

田中が訊いた。グレーのスーツを着た髪の長い女だが、顔に見覚えはない。

「ちょっと、田中さんのことを調べさせていただいた者です。隣の席に移ってもかまいませんか？」

女が、そういって微笑んだ。派手さはないが、かなりの美人だった。

「ええ、別にかまいません。どうぞ……」

田中も、男だ。どんな境遇に置かれても、若い女性と話すことは嫌いではない。それに妻を亡くしてからは一人暮らしなので、人との会話にも飢えていた。

「失礼します……」

女が店員に断わって、隣の席に移ってきた。

「もしかして、マスコミの人かな？」

あの事故が起きてからしばらくは、新聞社や雑誌社の記者に何度か取材を申し込まれたこともある。警察からは、取材は極力受けるなといわれていたが。

「いえ、違います。改めまして、私こういう者でございます……」

女がそういって、田中に名刺を差し出した。老眼鏡を掛けていないのでよくわからなかったが、名刺を手にした瞬間に〝相談所〟という文字が目に飛び込んできた。

「ああ、結婚相談所の方ですか。私が独り者であることをよく調べましたね。しかし、妻が亡くなってまだ一年しか経っていませんので、再婚なんていまはとても……」

田中はそういって、名刺を返そうとした。

「いえ、違うんです。私は、結婚相談所の者ではありません。もう一度、名刺をよく見ていただけませんでしょうか……」

女が、周囲をはばかるように、声を潜めた。田中は仕方なく、名刺を目から少し離して文字を読んだ。

名刺には、こう書かれていた。

〈――殺し屋商会
復讐代行相談所
水鳥川亜沙美《みとりがわあさみ》――〉

「いったい、これは……」

田中が、顔を上げた。

「はい。田中さんが、ある人物に復讐を望んでいるというお話を伺いまして……」

女がそういって、おっとりと笑みを浮かべた。

2

東京の新宿区大久保二丁目の路地裏に、昭和四〇年代に建てられた古いビルがある。間口が五間ほどの五階建ての小さなビルで、一階は中国籍の貿易会社らしき事務所になっているが、二階から上には何のテナントも入っていない。

そんなビルなので、誰の持ち物なのかもわからない。貿易会社の事務所は留守にしていることが多いので、普段は立ち入る者もいない。夜になって明かりが灯るのは、このビルの屋上だけだ。

水鳥川亜沙美は新宿駅の東口を出て、そのビルに向かった。

わざわざひとつ離れた駅で降り、大久保に入ってからも同じ路地を何度か行き来した。これも、誰かに尾けられていることを警戒してのことだ。もっとも、亜沙美を尾行する者などいるわけがないのだが。

午後九時に、ビルの前に着いた。

貿易会社の事務所は、明かりが消えていた。屋上を見上げる。だが、人がいるのかどうかはわからない。

ハンドバッグからLEDライトを出し、ビルの中に入った。事務所の裏に、雑誌や空缶が散乱した小さな踊り場があった。正面の六人乗りのエレベーターは、何年も前に壊れて動かない。

亜沙美はロビーの左奥の階段に向かった。上り口に置かれた〝立入禁止〟と書かれたパイロンをどかした。LEDライトの光の中に浮かび上がる段ボールや空瓶、誰が脱ぎ捨てたのかわからないズボンを避けながら、階段を上がった。

屋上まで上がり、鉄の扉を押した。目の前に、場違いな星空が広がった。

金網で囲まれた狭い屋上に、六畳間ほどのコンテナハウスがひとつ。物干しがひとつ。あとはドラム缶がひとつと階下のエアコンの室外機、他に給水タンクがあるだけの殺風景な空間だった。

コンテナハウスには、小さな明かりが灯っていた。

亜沙美はコンテナハウスに歩み寄り、ドアを小さくノックし、開けた。

「ロンホワン、いるの？」

ソファーベッドとテレビ、小さな冷蔵庫とコーヒーテーブルがあるだけの小さな部屋だ。明かりだと思ったのは、テレビの液晶パネルの光だった。

「いるよ……。入ってくれ……」

狭い部屋の中で人影が動き、薄暗いルームランプがついた。いつの間にか、ソファーベッドの上に黒いTシャツを着た男が座っていた。

亜沙美はハンドバッグを下ろし、男の横に座った。目の前のコーヒーテーブルの上に、食べかけのピザやビールの空缶、飲みかけのホワイトホースの瓶や古いスミス&ウエッソンM36リボルバーが散乱していた。男がリボルバーを手に取り、それを肩に吊ったホルスターに仕舞った。

亜沙美は、男の素性を知らない。年齢も、国籍も知らない。ただ〝ロンホワン〟とだけ呼んでいる。

最初は、中国人だと思っていた。だが、最近、そうではないことがわかった。どこか、もっと遠くの国から来たような、そんな匂いのする男だった。

「それで、〝仕事〟は取れたの?」

男が訊いた。

「今日、例の田中信浩に会って話はしてきたわ……」

「それで、彼は何といってた?」

「考えておくって……」

「そうか。うまく〝仕事〟が入るといいけれども……」

ロンホワンが、ふっ……と息を吐いた。

「この前ここに持ってきた資料は読んでおいてくれた?」

亜沙美が訊いた。

「うん、読んだ。一応はね。でも、漢字が多いからよくわからない……」

「仕方ないわね。それじゃあ、私が読んであげる」

亜沙美はスマートフォンの〝メモ〟に保存してある二年前の新聞記事を読んだ。

〈――5月10日午後4時ごろ、中野区中野4丁目の都道で、練馬区中村南の無職、徳田《とくだ》敬正《よしまさ》さん（86）が運転する乗用車が暴走し、歩道に進入。歩行者らを次々にはねた。この事故で横断歩道を渡ろうとしていた無職、高岡結衣さん（30）と長女の琴音《ことね》ちゃん（4）が死亡。他に7人が重軽傷を負った。運転していた徳田さんと同乗していた80代の妻も骨折するなどして入院した。

警察によると、道路上にはブレーキをかけた痕がなく、現場周辺の防犯カメラにも猛スピードで通行人をはねる様子が写っていた。徳田さんは「アクセルが戻らなくなった」と話しているが、警察は運転操作を誤って歩道に進入したものとみて、任意で捜査を進める方針だ――〉

亜沙美が記事を読み終えると、ロンホワンがまた、ふっ……と息を吐いた。

「ぼくが殺すのは、その〝トクダヨシマサ〟という男だね」

「そうよ。いま、八八歳になっているはずだけど……」

「それで、その死んだタカオカユイさんという人のお父さんがクライアントのタナカさん……？」

「そう。〝仕事〟がまとまれば、そういうことになるわ」

「でも〝事故〟だったんだろう。それなら、仕方ないと思う……」

「普通ならばね。でも、その半年後に、こんな記事も出ている……」

亜沙美は、次の記事を読んだ。

〈――東京・中野区で5月に乗用車が暴走し、主婦（30）とその長女（4）が死亡した事故で、過失致死傷罪で在宅起訴された旧通産省の元審議官・徳田敬正被告（86）の第3回公判が14日、東京地裁で開かれた。

この裁判で同被告は事故の発生は運転していた乗用車の電気系統の欠陥が原因で、自分はアクセルペダルとブレーキペダルを踏み間違えてなどいないと無実を主張した。

裁判を傍聴した被害者の夫の高岡健太郎さん（33）は、「過ちがあるのなら、罪を認めて償って欲しい。それなのに、まったく反省していない。せめて謝っていただきたい」と被告の法廷内での態度に怒りと悲しみをにじませた。また被害者の父の田中信浩さん（64）も「法廷に入ってきても、こちらに会釈もしない。2人の命と私たち遺族の無念を分かってくれているのか。それが感じられないことが苦しいし、身を引き裂かれる思いだ。なぜこんな裁判をいつまでもやらなくてはならないのか」と涙で声を詰まらせた――〉

「謝らないのはよくない……。それに、神に罪を認めないことも……」

ロンホワンがそういって、小さな舌打ちをした。

「そうね。しかもこの徳田敬正という男には、他の問題もあるの。これは記事にも書かれていたけれども、この男は旧通産省のエリート官僚だったから、人を二人も轢き殺したのに警察は逮捕すらしなかった。今後、もし裁判で有罪になったとしても、高齢と持病を理由に収監されないかもしれない……」

「つまり、人を殺しても刑務所には入らないということ？」

「そう、徳田は日本の〝上級国民〟だから。それに、これは記事には書かれていないけれど、この裁判の半年後に田中信浩さんの奥さんが、娘さんとお孫さんの死を苦にして自殺しているの……」

亜沙美が話し終えても、ロンホワンは目を閉じたまま、考えていた。そしてしばらくして、呟くようにいった。

「レクス……タリオニス……」

「れくす……何？」

「そう……日本語だと、〝目には目を歯には歯を〟というのかな……。人が誰かを傷つけた場合には、その罰は同程度のものでなければならない……。そういう意味のラテン語……」

「つまり、〝正義〟？」

亜沙美が訊いた。

「わからない。でも、この〝仕事〟はやるべきだと思う。それで、タナカという人には代金を幾らだといったの？」

「これだけ……」

亜沙美が指を二本、立てた。

「もしかして二万ドル？　ヒュー！」

〝仕事〟の金額を聞いてロンホワンが口笛を鳴らした。

「でも、安いわ。最初は三万ドルといったんだけど、ディスカウントしたから……」

「かまわないよ。アサミと半分にしても一人一万ドルずつ。僕はいまお金がないから、とても助かる」

ロンホワンは、喜んでいる。

亜沙美だって、金はなかった。それに、もう〝あの世界〟に戻りたくはない。連れ戻されないためには〝あの仕事〟から救い出してくれたこの人と、いまはこうして生きていくしか方法はなかった。

「さあ、仕事のことは、もう終わり……。それよりも、早く〝して〟……」

亜沙美はテーブルの上の空いたグラスにホワイトホースを半分ほど注ぎ、それをストレートのまま一気に呑み干した。

「また〝する〟の……？」

ロンホワンが訊いた。

「そう、私のことはわかってるでしょう。早く〝して〟……」

亜沙美がソファーから立ち上がり、服を脱いだ。全裸になるとふらふらと屋上に出て、金網に手を突いて足を広げた。

ロンホワンが後ろからすぐに入ってきた。

亜沙美は周囲のビルの明かりに囲まれ、声を上げた。

こうしていれば〝薬〟のことも忘れていられる……。

3

あれから、もう三日になる。

田中信浩は、今夜も眠れない夜を過ごしていた。

早い時間に酒を飲んで酔い、夜中に目が覚めて、それからはまったく眠れなくなった。

いまも田中は、ベッドの上で一枚の名刺を眺めていた。

いったいこの名刺は、何なのだろう。

何かの悪い冗談なのか。それとも、本気なのか……。

名刺はおそらく、パソコンか何かで自分で印刷したものだろう。書いてあるのは〝殺し屋商会　復讐代行相談所〟という奇妙な社名のようなものと、〝水鳥川亜沙美〟という女の名前。あとは見たこともないプロバイダーのメールアドレスと、ケイマン諸島の銀行の口座番号だけだ。他には電話番号も、住所も書いてない。

おそらくこの女の名前も、偽名だろう。メールアドレスは海外のプロバイダーを何重にも経由するもので、おそらく日本から追跡できない仕組みになっているに違いない。そのくらいのことは、一応は大手企業の事務職にいた田中でも想像はつく。

ケイマン諸島の銀行名をネットで調べてみると、これは実在した。女がいっていたように、クレジットカードから送金することも可能だった。カードならば、銀行の送金履歴も残らない。

女が二万ドルを三回に分けて送金するようにいったのも、一度に一〇〇万円以下ならば日銀や財務省に届けられないからだとわかった。つまり、送金に足がつかないということだ……。

ずさんなようであって、意外と周到だ。

それにしても水鳥川亜沙美という女は、何者なのだろう……。

あの女は田中の身元と、例の事故の遺族であること、そして妻の真知子が自殺したことまですべて調べ上げていた。自分が、復讐したいと願っていることも。その上で、三万ドルの報酬で〝徳田敬正を殺しませんか〟と持ち掛けてきた。

馬鹿ばかしい。まるで推理小説かテレビドラマのような話だ。そんな話を、本気にする奴などいるわけがない……。

田中が相手にせずにいると、女は料金を二万五〇〇〇ドル——さらに二万ドル——に下げると交渉してきた。もし田中が指定のケイマン諸島の口座に二万ドルを送金し、それが確認できれば、すみやかに〝復讐〟は実行される。一カ月以内に、あの徳田敬正はこの世から消える……。

だが、何の保証もない。契約書があるわけでもない。

もし自分が二万ドルを送金し、復讐が履行されなくても、それまでだ。まさか警察に騙されたと届け出るわけにもいかないし、金を取り戻すこともできない。新手の詐欺に決まっているじゃないか。

本当に、馬鹿ばかしい。なぜこんなことで、三日も眠れない夜を過ごさなくてはならないのか……。

田中は名刺を両手で持ち、四つに破り、ゴミ箱の中に投げ捨てた。これで、寝られる。だが……。

本当は自分は、何を望んでいるのか。本気で復讐を願っているのではないのか。あの徳田敬正を、心の底から憎んでいるのではないのか。あの男を、殺してやりたいと思っているのではないのか——。

自分の心に、正直になってみればいい。

これからの人生、何を楽しみに生きていくのか。楽しみなんて、何もない。もしあるとすれば、あの男の死——それも処刑としての死——くらいのものだ。

もしその望みがかなうならば、二万ドル、日本円でおよそ二〇〇万円というのは、けっして高い金額ではない。むしろ、安いのかもしれない。

二〇〇万円くらいなら、退職金の蓄えの残りで何とかなる。誰に残すわけでもないし、これからのそう長くない人生、食うに困るわけじゃない。

別に、金が惜しいとは思わない。ただ、騙されるのが嫌なだけだ。

だが、あの女が嘘をいっているとも思えなかった。どことなく、直感的に、人間として信じられるような気がしたことを覚えている。それに、もし人を騙す気ならば、もっとまともな作り話を考えてくるだろう……。

田中は、ベッドから起き上がった。

この歳で一人になってたったひとつ良かったことは、部屋の中を片付けなくても誰にも文句をいわれなくなったことだ。普段使うようなものは、寝ながら手に届くところに何でも揃っている。

ゴミ箱の中から、四枚の名刺の切れ端を拾って皺だらけのシーツの上に並べた。枕元の引出しからセロテープを取り出し、それを貼り付けた。老眼鏡を掛けなおし、もう一度、名刺をまじまじと眺めた。

ひとつ、騙されてやるか……。

たとえ騙されたとしても、これからの一カ月間、徳田の死に様を想像してわくわくしていられるのだ。ただ漫然と失意と悲しみに耐えて過ごすよりも、それだけで二〇〇万円の価値があるような気がした。
翌日、田中信浩は、水鳥川亜沙美という女にいわれたとおりに三回に分けて、クレジットカードで指定されたケイマン諸島の口座に二万ドルを送金した。そしてその結果を、名刺に書かれたメールアドレスにメールで報告した。

〈——本日、送金が完了しました。ご確認下さい。できればその瞬間を自分の目で見てみたいのですが。よろしくお願いします。

田中信浩——〉

翌日、返信があった。

〈——田中様。
ありがとうございます。入金、確認いたしました。お約束の件、早々に実行に移らせていただきます。

水鳥川亜沙美——〉

すでに何かをやり遂げたような、壮快な気分だった。これからの一カ月が、本当に楽しみになった。

その日、田中は、久し振りにゆっくりと眠った。

4

前祝いにいつもの宅配ピザの一番高いやつを注文した。

他に近くの韓国料理屋で明洞のり巻とチャプチェ、さらにコンビニでサラダやビール、ワインも買ってきた。

ロンホワンと亜沙美は、それを貪るように食って飲んだ。こんな贅沢ができるのは、久し振りだ。

「そうなんだ……。映像で見たいっていってるんだね……」

ひと息ついたところで、ロンホワンがいった。

「そうなの。でも、〝できれば〟よ……」

亜沙美が手に付いたピザの汚れをナプキンで拭い、ワインを飲んだ。

「でも、タナカという人の気持ちはわかるような気がする。僕でも、きっとそう思うはずだよ……」

「そうね。でも、まさか本人の目の前で〝殺《や》る〟わけにはいかないし、私が同行してアイフォーンで撮影するわけにもいかない。無理よ……」

「そうだね。難しいね。それで、そのトクダヨシマサの行動パターンはもう調べてあるの？」

ロンホワンが訊いた。

「調べてあるわ……」

亜沙美がスマホのメモを開き、説明した。

それによると、事故を起こしてからの徳田はほとんど練馬区中村南の自宅を出ずに、妻と二人で家の中に引き籠もっている。

自宅は都内のこのあたりでは比較的広いおよそ五〇坪の敷地に立つ一軒家で、普段は窓のカーテンも閉めきっているので中の様子はまったくわからない。家は高い壁に囲まれ、大手の警備会社とホームセキュリティー契約を結び、確認できるだけで四台の防犯カメラを含む最新式の警報装置が設置されている。

徳田がこの家を出るのは、基本的にはほぼ月に一回、二キロほど離れた東海病院に定期検診に通う時だけだ。この時は予約したタクシーに送迎させる。他に外出することがあるとすれば、公判の日くらいのものだ。

裁判の打ち合わせも、弁護士を自宅に呼んで行なっている。妻の加津子《かづこ》も、ほとんど外出しない。食事の買い物も、すべてコープなどの宅配ですませている。

「自宅に侵入して〝殺る〟のは難しいかもしれないわね。ホームセキュリティーが入っているし、奥さんもいるし……」

亜沙美がいった。

「まあ、無理ではないけれど。でも、リスクはできるだけ回避した方がいいね。それに、他の家族を傷つけたくはないし……」

ロンホワンが、缶ビールを口に含む。

「でも、外出する時の方がリスクが高いかもしれない。たぶん来週あたりに徳田は病院に行くと思うけど、家の前までタクシーが迎えに来るし、まさか病院で待ち伏せするわけにもいかないでしょう……」

「そうか……」ロンホワンが考える。「それなら、次の裁判はいつごろ？」

「まさか、公判の日を狙う気なの？」

「だめかな」

「次の公判は四月三〇日のはずだから約束の一カ月にはぎりぎり間に合うけど、その日も送迎があるはず。それに毎回、公判の時はテレビ局や新聞社の記者たちが家から出てくる徳田を門の前で待ち伏せるの。絶対に、無理よ……」

「そうか……。でもぼくに、ちょっと考えがあるんだ……」

ロンホワンがビールを飲み干し、缶を握り潰した。

5

翌日、ロンホワンは朝から歩いた。

大久保のビルを出て、百人町から東中野、中野、野方を抜け、練馬区中村南の徳田敬正の家を目指してひたすら歩き続けた。

歩くことは昔〝軍隊〟にいたころから慣れていた。訓練で夜通し四〇マイル（約六四・四キロメートル）を重い装備を背負って歩かされたこともある。

中野駅のガード下を潜ってしばらく行ったあたりで、ロンホワンは一度、立ち止まった。

事故があったのは、このあたりだ。目の前に三角のサンドイッチを縦にしたような奇妙な形の大きなビルがあり、その前が広場になっている。週末ということもあってか、歩道や横断歩道には人がたくさん歩いていた。家族連れも、多い。

二年前にここであの事故が起きたことなど嘘のような、平穏な風景だった。

だが、ロンホワンは、この風景の中に老人が運転した車が暴走する光景を想像する。車は歩道に飛び込み、時速一〇〇キロ近い速度で人を撥ね上げながら突進した。死者が二人だったことは、むしろ幸運だった。

だが、トクダヨシマサという男は自分の罪を認めていない。

神はすべての罪を大罪と小罪に二分する。ヨハネの手紙にある〝死に至る罪〟と〝死に至らぬ罪〟である。

大罪は〈――重大なことがらについて、はっきりと意識し、意図的に行なわれた――〉という三つの条件が揃うことによって成立する。〝重大なことがら〟とは〈――

殺してはならない、姦淫してはならない、盗んではならない、偽証してはならない、父母を敬わなくてはならない――〉など十戒に示される教義を犯すことである。

トクダヨシマサが人を殺したのは、意図的に行なわれたものではなかった。つまり、〝事故〟だ。だが暴走が「車のせいだ……」と主張する偽証は、あの男がはっきりと意識して意図的に行なっていることだ。

さらにカトリックのカテキズム（教理）では七つの大罪は傲慢、強欲、嫉妬、憤怒、淫蕩、貪食、怠惰にあるとし、〈――無知を装い心を頑なにして行なわれたものは、その人の罪をますます重いものにする――〉と教えている。

トクダヨシマサという男が自分の罪を認めず、被害者に謝罪しないのは、七つの大罪の内の〝傲慢〟に他ならない。しかもあの男は、頑なに無知を装って嘘をつき通そうとしている。それは正しく〝大罪〟であり、〝死に至る罪〟に他ならない。

ロンホワンは、また歩きだした。

中野駅の周辺から早稲田通りを渡り、住宅街の中を抜けて線路を越え、環七に出た。大型トラックやバス、無数の車がロンホワンの近くを轟々と走り抜け、排気ガスを浴びた。そしてまた、路地に入っていく。

誰も、ロンホワンを怪しまない。それ以前に、誰の目にも見えていない。

ロンホワンは、もし日本人だとしても中背だ。しなやかで強靭な筋肉はどこにでも売っているような安物のワークパンツとパーカーで隠しているし、頭にはワッチキャップを被り、顔の半分はマスクで覆われている。目つきも、普通のアジア系と変わらない。背中のデイパックには、いまはペットボトルの紅茶と、途中で腹が減った時に食べるパンしか入っていない。

ロンホワンは、歩き続ける。

路地からバス通りに出て、鷺ノ宮駅の手前で小さな川を渡った。そのまま道を真っ直ぐに行くと、やがて電柱の住所が〝鷺宮〟から〝中村南〟に変わった。

地図は持っていない。スマートフォンを見ているわけでもない。

トクダヨシマサの家の場所は、昨夜、亜沙美に地図を見せてもらって教わった。〝標的〟の顔も、写真を一度見たら忘れない。もしもの時のために、証拠になるものは地図一枚、写真一枚たりとも残さない。この〝仕事〟を始めた時から、そういうことには慣れていた。

路地を曲がった。住宅地に入り、電柱の地番が〝中村南二丁目〇〇〟に変わった。もう、目的地は近い。

ロンホワンは周囲に細心の注意を払って歩く。住宅地なのでコンビニなどの店はないが、他にどんな家があるのか。ここに空家が一軒、その向こうに廃屋がひとつ。入口に防犯カメラを備えるマンションの位置。そうした配置を計算しながら、目的地に近付いていく。

やがて、一軒の家の前に出た。

亜沙美のスマートフォンに入っていた写真と同じ高い壁に囲まれた、大きな家だ。石の門柱には〝徳田〟と標札が入っていた。

ここだ。間違いない……。

ロンホワンは立ち止まらずに家の回りを一周した。敷地は北東の角地で、その二方が道路に面している。東側に門と玄関があり、そちらの道の方が少し広い。南側と西側には別の家が三軒面していて、人が住んでいる。

亜沙美がいっていたように、防犯カメラが玄関にひとつ。他に、北側と東側の壁の上にひとつずつ。二階のベランダにもひとつ。もしかしたら、庭か家の裏側にもあるかもしれない。

家は窓にカーテンが掛けてあり、中の様子はまったくわからなかった。人がいるのか留守なのかもわからない。

ロンホワンは、トクダヨシマサの家のあるブロックを二周した。三度目に門の前を通った時に一瞬、立ち止まり、玄関の軒下のカメラを見上げた。

〝仕事〟をするのは、まだ三週間以上も先だ。いまは、カメラに写ってもかまわない。

今日は、これで十分だ。

ロンホワンはまた歩き出し、バス通りの方に向かった。

その夜、ロンホワンは一人でワーグナーを聴きながら、静かな時を過ごした。

テーブルの上にはウイスキーの入ったグラスが置かれ、ゴムのマットが敷かれている。ロンホワンは目にルーペを掛け、デスクライトの光の下で、ガンスミス用の工具セットを使い、長年愛用しているM36リボルバーを分解した。

三八口径五連発、銃身長二インチ、重量五五〇グラムの小さなダブルアクション・リボルバーだ。一九五〇年にアメリカのスミス&ウェッソン社が警察用として設計、発売した古い銃だ。

ロンホワンが愛用するこのM36は、おそらく一九六〇年代の前半に製造されたものだろう。だが、半世紀以上が経ったいまも、その鈍い光沢を放つブルー・スチールと正確なメカニズムは、少しも色褪せることはない。

ビスを一本ずつ緩め、シリンダーを外し、サイドプレートを開ける。ハンマーやトリガー、シアー、いくつかの小さなスプリングなどを慎重に取り出し、パーツのすべてと銃身内をオイルで磨く。そしてまた、組み上げる。

ロンホワンが〝仕事〟にオートマチックを使わないのは、現場にできるだけ証拠を残したくないからだ。リボルバーならば、空薬莢が飛ぶことはない。

そして最後に、シリンダーに38スペシャル弾を五発込め、銃をホルスターに入れた。

ライトを消し、ルーペを外した。ウイスキーを口に含み、ソファーベッドの上にごろりと横になった。

6

四月三〇日、第五回公判の当日――。

徳田敬正はまだ夜が明けきらぬころに、嫌な夢を見て目を覚ました。ベッドの上に体を起こし、頭を抱えた。夢の中に出てきた血だらけの被害者たちが、まだ自分の手足や背中、首に喰らいついているような錯覚があった。

ここ数年、老人性の鬱が酷くなった。特に二年前にあの事故が起きてからは、眠れない夜が続いている。

体も弱っていた。あのころはまだ車の運転もできたのに、いまは家の中を歩くだけでも辛い。何かをやる気力もなく、楽しいという感情を忘れてしまった。

自分は、もうあまり長くないかもしれない。だが、頭は、ぼけていない。あの時も、そしていまも……。

六時になるのを待って、寝室を出た。ダイニングのいつもの椅子に、黙って座る。妻の加津子が並べた朝食を、テレビを観ながら黙って食った。何を食べても、美味いと感じない……。

テレビのニュースで、自分の名前を聞いて箸を止めた。低俗な顔をした女のアナウンサーが、何もわからないくせに今日の公判について報じている。

忌々しい……。

テレビを消し、また飯を食った。

前回の公判は、散々だった。

徳田は親子を轢き殺した過失致死傷罪に問われ、晒し者にされた。車が勝手に暴走したのだと無罪を主張したにもかかわらず、無礼にも誰も信じようとしなかった。

特に酷かったのは、あの証人として出廷した警官だ。車のコンピューターにブレーキを踏んだ跡が残っていないとか電子部品の故障もなかったとか屁理屈をこねて、事故を「アクセルとブレーキの踏み間違いによるもの……」と決めつけた。

そして、あの遺族の男だ。公判中はこちらを蔑むような目で睨みつけ、後の会見で「自分の過ちを素直に認めて、犯した罪をちゃんと償っていただきたい……」だと？

何もわからん若造のくせに、偉そうなことを。遺族だからとマスコミにちやほやされて、何か勘違いでもしているのではないのか。思い上がるのもいい加減にしてくれ。

こうなったら、徹底的に戦ってやる。

私は絶対に罪を認めない。謝罪もしない。前の首相も、いまの首相も、内閣のほとんどの人間が私と親しいということを知らんのか。人間として格の違いを見せつけて後悔させてやる。

「あなた……どうしましょう……。今日はもう、外にマスコミが集まりはじめましたよ……」

妻の加津子が、カーテンの隙間から不安そうに外を覗いている。

「何だと……」

時刻はまだ午前七時になったばかりだ。

徳田はよろけながら椅子を立ち、窓際に向かった。妻を押しのけ、外を覗いた。

本当だ。もうテレビ局や雑誌社の記者が集まりはじめている。

甘い汁に群がる虫けら共め……。

「今日の公判は、一時からだったな……」

徳田がいった。

「はい……」

「弁護士に連絡を取って、早めに迎えに来るようにいってくれ」

早めに東京地裁に入って控室で待っていた方が、煩くなくていい。

徳田は不愉快そうに窓から離れ、書斎に入り、鍵を掛けた。


ロンホワンは、潜んでいた。

黴臭く、雑然とした、薄暗い部屋だ。

窓に貼られたベニヤ板の隙間から差し込む光の中に、埃が浮遊している。その動きを見つめながら、息を殺した。

外が、騒がしくなりはじめた。腕のGショックを見る。午前七時三〇分……。

ロンホワンは二日前の夜から、徳田敬正の家の斜め向かいの空家に潜んでいた。

猫が体を伸ばすように、立った。二階の窓の隙間から、外の様子を見た。徳田の家の前の通りの周辺に、もうメディアの車や人が集まりはじめていた。

裁判は午後一時からだと聞いていたが、この様子だと動き出すのは思ったより早いかもしれない……。

ロンホワンは元の場所に戻り、壁により掛かって座った。

膝を抱いて体を丸め、目を閉じた。


田中信浩は、七時半に起きた。

いや、〝起きた〟というのは正確ではないかもしれない。

昨夜はほとんど寝ていない。ただ漫然と考え事をしたり、うつらうつらしているうちに夜が明けてしまった。

眠るのを諦めてベッドから抜け出し、いまはインスタントコーヒーを飲みながら、ぼんやりとテレビを観ていた。

午前八時を過ぎて、民放の朝のワイドショー番組が始まった。いつもの退屈な顔ぶれが、どうでもいいような話をしながら、面白くもないのに笑っている。なぜどの局も、同じようなくだらない番組しかやらないのだろう。

だが田中は、テレビを消すつもりはなかった。今日は、公判の日だ。もしかしたら、番組内で〝あの男〟のことを何かやるかもしれない……。

納豆を載せた冷飯を食いながら、テレビの画面を見つめた。

お笑いタレントの司会者――名前は知らない――が、今日の放送予定について話している。東京オリンピックをやるとかやらないとか……新型コロナウイルスのワクチンの遅れがどうとか……今日の特集は最近はやりの四十代の不倫だとか……くだらない。もう、あの二年前の事故のことも世間から忘れられて、公判の日もワイドショーでは続報をやらないのだろうか。

そういえば、例の話はどうなったのだろう。あの水鳥川亜沙美という女にいわれるがままに二万ドルという大金を振り込んでから、そろそろ一カ月になるはずだが。

後ろを振り返り、壁のカレンダーを確認する。振り込んだのは四月一日、いまから思えばエイプリル・フールだった。日にちが良くない。

女から確認の返事が来たのが翌日の二日。以来、今日で二八日になるのに、何の連絡もない。徳田敬正が死んだという話も聞かない。やはり、騙されたのか……。

そう思った時に、番組の司会者がこんなことをいった。

――ところで今日は、二年前の五月一〇日に東京の中野区で起きた、高齢ドライバーによる暴走致死事故の第五回公判があります。被告の徳田敬正・元審議官は、これまでの公判と同じように無実を主張するのか。それとも一転して罪を認めるのか。番組では後ほど、被告の自宅前から中継でお伝えします――。

ほう……やるのか……。

それならば、この番組を最後まで見るか。

今日の公判は午後一時からだ。田中は公判を傍聴するつもりだが、遺族枠で入れるので、ここを一二時に出れば十分だ。

徳田敬正は、書斎でテレビを見ていた。

学のない、頭の悪そうな司会者が見当違いなことをいった。

——……被告の徳田敬正・元審議官はこれまでの公判と同じように無実を主張するのか。それとも一転して罪を認めるのか……——。

下賤が何を身の程知らずなことをほざくか。

この裁判が終わったら、貴様をテレビから追放してやる。

その時、外で動きがあった。

何か車が来たらしく、クラクションが数回、鳴った。

車が、門の前に止まった。ドアの開く音が聞こえ、誰かが降りた気配がした。マスコミの様子が急に騒がしくなり、家の中でインターフォンが鳴った。

来たな……。

そう思った時に、ドアがノックされた。部屋の外から、妻の加津子の声が聞こえた。

――弁護士の柿沼《かきぬま》先生がお着きになりました――。

「わかっている。いま着替えるから、玄関で待たせておきなさい」

弁護士に〝先生〟を付ける必要などない。

徳田は洗いたての白いシャツとスーツに着替え、目立たない色のネクタイを締めた。マスクを掛け、公判の資料が入ったブリーフケースを持って部屋を出た。

廊下に妻が立っていたが、目を合わせない。玄関に行くと、弁護士の柿沼が秘書の女と共に車椅子を広げて待っていた。

「お早う……」

徳田は、靴を履いて車椅子に座った。秘書に押されて、バリアフリーに改築された玄関を出る。別に歩くのに不自由する訳ではないが、こうして弱った老人を演じた方が印象が良い。それでも門を出ると、マスコミの輪が獲物に群がるハイエナのように徳田を取り囲んだ。マイクやテレビカメラを突き付けられ、ストロボが光った。

「徳田さんお早うございます。いまの気分はいかがですか！」

「今日の公判でも無罪を主張しますか！」

「ご遺族に謝罪はしないんですか！」

「本当にブレーキを踏んだんですか！」

家の前に駐めたワゴン車に乗るまでの数メートルの間に、もみくちゃにされた。

この無礼者の屑共め。いつか思い知らせてやる……。

ロンホワンは空家を出て、トクダヨシマサの家に向かった。

門の前にワゴン車が駐まり、人集りができていた。カメラマンや記者が、車椅子に座った老人を取り囲んでいる。まるで映画スターでも出てきたような大騒ぎだ。

ロンホワンは歩きながら、パーカーの内側のホルスターからM36リボルバーを抜いた。

だが、誰も自分を見ていない。

人集りの輪に歩み寄り、騒ぎの中に割り込んだ。頭を突っ込むと、目の前にトクダヨシマサの顔があった。マスクを掛けていたが、写真と同じだ。

マスコミの突き出すマイクやカメラに紛れて、ロンホワンは徳田の頭に銃を向けた。

徳田敬正は、次々と突き出される忌々しいマイクを払いのけた。

まただ。だが、払いのけようとした時に気が付いた。

これは、マイクじゃない……。

ロンホワンは、トクダヨシマサの顔に向けて二度、引き鉄を引いた。

パン！

パン！

銃声と同時に悲鳴が上がり、マスコミの輪が蜘蛛の子を散らすように逃げた。その混乱に乗じて、ロンホワンも姿を消した。


田中信浩は、テレビの画面を喰い入るように見つめていた。

――現場の方で何か動きがあったようです。現地の近藤《こんどう》さん、聞こえますか――。

司会者が、現地のレポーターを呼んだ。

――はい、こちら被告の自宅前の近藤です。たったいま、徳田被告が車椅子に乗って玄関から出てきました。これから、迎えの車に乗り込むところです――。

徳田の顔が、画面に大映しになった瞬間だった。目の前に、奇妙な物が突き出された。

あれは……。

そう思った時に銃声が二発鳴った。

パン！

パン！

徳田の頭から血飛沫が上がり、仰け反った。

突然、画面が乱れ、現場からの中継が遮断された。

――現場で何か、事故があったようです。と、とりあえずコマーシャルを――。

司会者が慌てて取り繕い、スタジオの映像がコマーシャルに切り替わった。

まさか……。

本当に、殺った……。

田中は体を震わせ、涙を流しながら笑った。

7

空に月が出ていた。

満月に近いが、少し欠けている。

ロンホワンはビルの屋上にソファーとテーブルを出し、月を眺めながらビールを飲んでいた。

ラジオからはニュースが流れ、今日の〝事件〟の続報を伝えていた。

徳田敬正は頭を拳銃で二発撃たれ、心肺停止のまま病院に搬送。病院で死亡が確認された。

撃った男は現場から逃走した。男の姿は現場を取材中のテレビカメラや徳田敬正の家の防犯カメラにも写っていたが、いまのところ正体はわかっていない――。

だが、警察は、犯人を追うことは不可能だろう。あの時、ロンホワンはワッチキャップとマスクで顔を完全に隠していた。

現場への往復はすべて徒歩で、交通機関は一切使っていない。徳田を撃った後もマスコミの混乱に乗じて、防犯カメラのないコースを使って逃げた。着ていた服はすべて途中で着替え、捨てた。

最近はマスクを掛けて顔を隠していても、誰にも怪しまれない。ロンホワンのような〝仕事〟には、便利な世の中になった。

「田中さんは、あれをテレビで観ていたのかしら……」

裸で毛布に包まる亜沙美が、ロンホワンの腕の中で呟いた。

少し冷たい夜風と、温かい肌の感触が心地良い。

「きっと、観ていたよ……」

〝事件〟の瞬間は、民放二社のカメラが鮮明に捉えていた。映像は生放送で流れてしまったが、その後は一度も放映されていない。

だが、生放送を見逃したとしても、そのうちコピーがユーチューブなどに出回ることだろう。

「でも、これで良かったのかしら……」

「どうして？」

亜沙美は、しばらく考えていた。そして、こう呟いた。

「レクス……タリオニス……。目には目を……歯には歯を……」

「そうだね。あのトクダヨシマサという男は七つの大罪の内のひとつを犯した……。神も、〝死に至る罪〟であることを認めている……」

ロンホワンがビールを飲みながら、亜沙美の耳元で囁く。

「でも、神はいった。人が誰かを傷つけた場合には、その罪は同程度のものでなければならない……。私たちも、もう何人も人を殺したわ……」

「そうだね。だからぼくたちも、いつかは罰を受ける……」

ロンホワンがそういって、亜沙美に口付けをした。

第二話　歌姫の死に赤い薔薇の花束を

1

窓の外は粉雪が降っていた。

雪は暗い空から落ちてきて、風に舞い、奈落の底の闇の中へと消えていく。

こうしてバスタブの湯に浸かって、煌めく夜景の中に降り続ける雪を眺めていると、ふと自分がどこにいるのかがわからなくなる。

歌手、築地真衣子《つきじまいこ》は、仙台の中心地にあるタワーホテルの三二階の部屋にいた。今日は市内でミュージカル〝カルメン〟の公演があり、主役を務めた後、逃げるように自分の部屋に戻ってきた。共演の俳優たちから夕食に誘われても、とても出掛ける気にはなれなかった。

どうして、こんなことになってしまったのだろう……。

真衣子は雪の舞う夜空を見上げ、子供のころによく歌った大好きな歌を口ずさんだ。

「……上を向いて……歩こう……涙が……こぼれない……ように……。思い出す……春の日……一人ぽっちの……夜……」

だが、いくら上を向いて歌っても、涙は止まらなかった。

そして、なぜ自分が泊まっている三二階の部屋のバスルームの小さな窓が開くようになっているのかも、不思議には思わなかった。

開け放たれた窓から吹き込む凍えるような風に身をまかせながら、真衣子は歌を口ずさみ続ける。

「……上を……向いて……歩こう……」

だが、その時突然、頭の中に恋人の森村達也《もりむらたつや》の声がフラッシュバックした。

──死ねよ──。

真衣子のか細い声が止まった。

やめて……。

それでもまた、達也の声が聞こえた。

──死ねよ！──。

やめて、大きな声を出さないで……。

だが、達也の声は止まない。

──死ねっつってんだよ。うぜぇな──。

お願い、死ねっていわないで……。

――いいから死ね。マジで死ね！――。

やめて……。そんなこといったら私、本当に死ぬから……。

――ああ、かまへん。本当に死ね――。

私のこと、好きだっていったのに……。死んでも、何とも思わないの……？

――ああ、せいせいするわ。死ねや――。

やめて……。死ねっていうなら、殴って。あなたの手で殺して……。

――嫌やね。おれの手は汚さん。お前が勝手に死ね！――。

どうして……。

――いいから死ね。お前が死んだら、みんな喜ぶやろ。だから、死ね！――。

どうして……どうしてそんな酷いことがいえるの……。

――お前が嫌いなんや。死ね。死んで、いなくなれ――。

お願いだから……。そんな酷いこと、いわないで……。私、死ぬから……。

真衣子はバスタブの上の窓を開け放った。凍えるような風が、一段と強く、バスルームに吹き込んでくる。

寒い……。

それでもかまわずに真衣子は湯から上がり、足を窓の外に投げ出してバスタブの縁に座った。闇の中に落ちていく雪を、じっと見つめた。

達也……。私、死ぬから……。

だからもう、死ねっていわないで……。
真衣子は窓枠に添えた手を後ろに押し、外に垂らした足で壁をトン……と蹴った。
人形のような白い体は、雪と凍える風の中に飛んだ。
そして奈落の闇に、吸い込まれていった。
お父さん……お母さん……ごめんなさい……。

翌日、新聞各紙に次のような記事が載った。

〈――築地真衣子さん死去
20日、歌手で俳優の築地真衣子さんが滞在していた仙台市内のホテルの10階部分にある屋上テラススペースに倒れているのが見つかり、搬送先の病院で亡くなった。33歳だった。警察によると築地さんは宿泊していた32階の部屋の窓から転落したということで、現場の状況などから自殺の可能性もあるとして調べている。築地さんは俳優の築地幸太《こうた》郎《ろう》さんと歌手の山口《やまぐち》美音子《みおこ》さんの一人娘で――〉

2

三カ月後――。

水鳥川亜沙美は地下鉄日比谷線六本木駅の三番出口を出て、背後の空を見上げた。

ビルに囲まれた狭い星空に、不釣り合いなほど巨大な六本木ヒルズが聳えていた。

一瞬、その光り輝くビルの高層階から、白い花が一輪、舞い落ちる幻影を見たような気がした。

だが、幻想を打ち消し、視線を落とす。ハンドバッグから出したアイフォーンのナビを見ながら、六本木ヒルズとは逆の方向に春の風の中を歩き出した。

〝サンダーバード〟というビルは、すぐに見つかった。

それほど大きくはないが、まだ真新しいビルだった。その二階に、〝花壇亭〟という懐石フレンチレストランの小さな看板が出ていた。

ここだわ……。

目立たないが、有名なシェフがプロデュースした話題の店だと聞いている。

亜沙美はビルに入る前に、もう一度ガラスの窓の前に立って自分の姿を確認した。

ブランド物風のワンピースに、黒いジャケット。腕にはディオール風のハンドバッグを提げている。今日は地味目に抑えた化粧は上手くいったけれど、こんな安物の格好で足元を見られないだろうか……。

でも、仕方ない。腕のカルティエ風の時計を見た。間もなく約束の、九時になる……。

亜沙美は思い切って、ビルの自動ドアの前に立った。

〝花壇亭〟は〝ツキジ〟の名前で席が予約してあった。店に入って名前を告げると、奥の個室に案内された。先方はもう、先に着いているらしい。

部屋は銀箔を貼られた襖で囲まれた、掘り炬燵のある和室だった。薄暗い部屋に見惚れながら一礼する。席にはすでに、先客が二人、座っていた。

一人は俳優の築地幸太郎、〝本物〟だ……。

まさか、本人がこの場に来るとは思わなかった。しかも、〝奥さん〟の山口美音子さんまで……。

亜沙美が部屋の入口で呆然と立ち尽していると、いかにも高級そうなジャケットを身に着けた築地が優しそうな笑顔で一礼した。

「水鳥川さんですね。どうぞ、お上がりになってそちらへ……」

二人の向かいの、ひとつ空いた席を手で示した。隣の席の歌手、山口美音子も穏やかな笑顔で一礼する。

だが、二人の笑顔は、どこか悲しそうだった。

「失礼します……」

亜沙美はフェラガモ風のパンプスを脱ぎ、部屋に上がった。こんなことなら、パンストだけでももう少し高級なのを買ってくるんだった……。

二人の正面に座り、改めて自己紹介をした。

「はじめまして。〝殺し屋本舗、復讐代行相談所〟の水鳥川亜沙美と申します……」

そういって、二人に名刺を差し出した。

最初にコンタクトを取ってきたのは、いま目の前にいる築地幸太郎だった。

年が明け、二月も終わり、三月になって間もなくのことだった。海外のプロバイダーを通している亜沙美のメールアドレスに、奇妙なメールが一通、舞い込んだ。


〈――水鳥川亜沙美様。

突然の連絡、失礼いたします。私、築地幸太郎と申す者です。

実はある友人より、水鳥川様が私の娘に赤い薔薇の花束を供えて下さる方だと聞き、連絡を取らせていただきました。友人の名は、カントリーマンと申します。

願わくば、私の心からの望みを叶えて導きたまわんことを。

連絡、お待ちしております――〉

文面は、それだけだった。

亜沙美は文中の〝カントリーマン〟という男のことはよく知っていた。ネット上の裏社会で、非合法の〝仕事〟を仲介するブローカーの一人だ。ルールさえ守れば信用できる男で、これまでにも何度か〝仕事〟のオファーを受けたことがある。

さらに文中に〝赤い薔薇の花束〟というキーワードが入っていることから、このメールの主が亜沙美に〝仕事〟を頼みたいのだということがわかった。

問題はこのメールの差出人、〝築地幸太郎〟という名前だった……。

亜沙美は築地幸太郎の名をよく知っていた。

いや、そもそも、この日本で築地幸太郎の名を知らぬ者はいない。なぜなら築地幸太郎は日本の代表的なベテラン俳優の一人であり、過去にはアイドル歌手の山口美音子との結婚と離婚が話題になったこともある。常にマスコミのゴシップ記事にその名が上がり、日々テレビ番組の画面を賑わす、誰もが知る〝スター〟だったからだ。

妻——元〝妻〟といった方が正確だが——歌手の山口美音子はさらに有名かもしれない。十代のアイドル歌手の時代から芸能界の頂点に君臨し、四〇年近くたったいまもその地位を守り続けている。いわば〝国民的な歌手〟の一人だった。

そして、昨年の年末に起きた悲劇……。

一二月二〇日、二人の長女であり、歌手やミュージカルの俳優としても活躍していた築地真衣子が仙台市内のタワーホテルの高層階から転落して死亡した。

後に、週刊誌の記事などから、築地真衣子の死はただの〝事故〟ではなく、結婚を前提に付き合っていた恋人に捨てられたことを苦にしての〝自殺〟であったことがわかった……。

亜沙美も、その週刊誌の記事を読んだ。

元々、亜沙美は、自分に近い世代の築地真衣子のファンだったからだ。

その記事には恋人の名前と、築地真衣子が最後に恋人と会った時に録音した会話の内容が、そのまま載せられていた。

〈――森村「死ねよ！」
真衣子「やめて、大きな声を出さないで」
森村「死ねっつってんだよ。うぜぇな」
真衣子「お願い、死ねっていわないで……」
森村「いいから死ね。マジで死ね！」
真衣子「やめて……。そんなこといったら私、本当に死ぬから……」
森村「ああ、かまへん。本当に死ね」
（中略）
真衣子「どうして……どうしてそんな酷いことがいえるの……」
森村「お前が嫌いなんや。死ね。死んで、いなくなれ」
真衣子「お願いだから……。そんな酷いこと、いわないで……。私、死ぬから……」
――〉

本当に、酷い内容だった。
亜沙美は胸が苦しくなり、記事を最後まで読むこともできなかった。
もし自分が愛している人にそんなことをいわれたら、やはり死ぬだろう……。

亜沙美はその記事を読んだ時から、真衣子の恋人の森村達也を罰することを考えていた。

だが、まさか真衣子の父親の築地幸太郎から直接、コンタクトがあるとは……。

「あなたは綺麗なお嬢さんね。歳は、おいくつなの?」

山口美音子の優しい声に、我に返った。

「はい、もうすぐ、二八になります……」

自分の歳はあまりいいたくないはずなのに、亜沙美は素直にそう答えてしまった。

「そうか。真衣子よりも五つ、いや六つ若いのかな。本当に綺麗なお嬢さんだ……」

築地幸太郎は亡くなった自分の父親よりも歳上のはずなのに、そういわれると恋をしたくなるほど嬉しかった。

「スタイルもいいし、あなたほど綺麗な人なら芸能界でやっていけるわ。歌手でも、女優でも、きっと成功するわよ……」

山口美音子が、おっとりといった。

「まさか……。私、歌は苦手だし、演技なんて全然だめですから……」

それは謙遜ではなく、本心だった。

それに亜沙美には、人にいえない特殊な過去がある。その過去がスキャンダルになれば、デビューしたとしても、芸能界にはいられなくなるだろう。

そんなことを真面目に考えた自分が、おかしかった。

築地幸太郎と山口美音子は、どこから見ても素敵な熟年カップルだった。

二人とも、実際の年齢よりも遥かに若く見える。こうしていると仲も良さそうで、とても二〇年以上も前に離婚しているとは思えなかった。

だが、二人の笑顔は、どこか痛そうだった。

亜沙美はこの世のものとは思えないほど美味しいフランス料理のコースを味わい、普段なら直接会うこともできない二人のスターとの会話を楽しんだ。

食事が終わり、デザートとコーヒーが出たところで、築地幸太郎がおもむろに切り出した。

「ところで水鳥川さん。あなたが私たちの娘に赤い薔薇の花束を供えてくださるという話は、本当なのですか」

築地の傍らで、コーヒーに入れたミルクをスプーンで掻きまぜながら、山口美音子が目を伏せる。

「はい、先日お伝えした条件でよろしければ……」

亜沙美は最初にメールを受け取ってすぐに築地に返信し、その後もおよそ三週間にわたり幾度となく連絡を取り合ってきた。その中で、自分たちのできることと、基本的な条件に関してはすべて伝えてあった。

そして〝中野駅自動車暴走事故〟の犯人、元通産省の徳田敬正をテレビカメラの前で処刑したのは、自分たちであることも……。

「条件に関しては、すべて承知しました。でも、わざわざケイマン諸島の口座にクレジットカードを使って送金するのも面倒だ。いまここで、全額を現金でお支払いします。その方が手数料も掛からないし、安全でしょう……」

「現金、ですか……」

〝現金〟とはいっても、亜沙美が提示した復讐の代金は、五万ドルだ……。

「はい、ここにあるわ。ドルじゃなくて日本円だけど、少し余分に入っている。確かめてちょうだい……」

山口美音子がそういって、手元にあった黒いエルメスのショルダーバーキンを押した。

亜沙美は、バーキンを手に取った。胸がどきどきして、手が震えた。中に入っている五万ドル相当の現金はともかくとして、〝本物〟のバーキンに触れるのは人生でこれが初めてだった。

恐るおそる、バッグを開けた。

札束を、数える。一〇〇万円の札束が、七つ入っていた。

「でも、どうしよう……。私のバッグは小さいから、こんなに入らないし……」

亜沙美がいった。

「いいのよ。そのバッグも、あなたにあげるわ……」

美音子が、微笑む。

「でも、これバーキンですよね……」

「そうよ。何年も前に、真衣子の誕生日に私が買ってあげたの。でもあの子は気に入らないといって、一度も使うところを見せてくれなかった。もしよろしかったら、あなたが使って……」

「はい、ありがとうございます……」

亜沙美は黒いバーキンを、胸に抱き締めた。

「そのかわり、ひとつだけお願いがあるの……」

「はい、何でしょう……」

亜沙美が訊いた。

「あの男、森村達也を苦しめて。真衣子と同じように。自分から、死にたいと思うくらいに。それから、殺して……」

山口美音子が、泣きながら笑った。

3

新宿区大久保二丁目——。

コリアンタウンに隣接する雑然とした一画に、五階建ての廃墟のような古いビルがある。

一階には〝深圳《しんせん》食品公司〟と金文字の看板が出ているが、ごくたまに人が出入りするだけで、普段はシャッターが閉まっている。

間もなく深夜になろうとするこの時間に明かりが灯っているのは、ビルの屋上の給水タンクの横に建つ、四坪ほどのコンテナハウスの窓だけだ。

ロンホワンはスプリングが抜けたベッドに座り、クレートに載せたテレビの画面を喰い入るように見つめていた。この一カ月以上もの間、毎日ほぼ二四時間、有料のネット動画配信サービスでCNNやBBCのリアルタイムニュース番組を流していた。

〝画面にはこの二月にロシアが軍事侵攻して始まった〝ウクライナ戦争〟の現状が、まるで悪夢のように、次々と映し出される。

二月二四日、ロシア連邦大統領のウラジーミル・プーチンが「ウクライナ国民の民族自決の権利を支持する……」と述べ、ドンバスでの特別軍事作戦決行を発表──。

その数分後にはウクライナに対する宣戦布告なきままに首都キーウ、ハルキウ、オデーサ、ドンバスにミサイルや砲弾が着弾。九〇万人といわれるロシア軍が、ウクライナ北東部の国境を越えて軍事侵攻を開始──。

二月二六日、ウクライナでは一六万人以上の国内避難民が発生。首都キーウの住宅用ビルにミサイルが着弾し、多数の民間人が死傷──。

三月四日、ロシア軍はウクライナ南東部のザポリージャ原発を攻撃、火災が発生──。

三月九日、ロシア軍はマリウポリの産科・小児科病院を爆撃。ウクライナ当局は女性や子供を含む市民一一七〇人が死亡したと発表。さらにロシア軍により占拠されていたチョルノービリ原子力発電所で、電源が切断されたことを発表——。

三月一六日、ロシア軍は数百人の民間人が避難するマリウポリのドラマ劇場を空爆。さらにこの日、チェルニヒウではパンを買うために並んでいた市民一〇人をロシア兵が銃撃により虐殺——。

三月一九日、住民四〇〇人が避難していたマリウポリの芸術学校をロシア軍が爆撃。多くの死傷者が発生——。

四月三日、ロシア軍が撤退した後のキーウ近郊のブチャで、市民四一〇人の遺体が放置されているのが発見（ブチャの虐殺）——。

四月八日、キーウ近郊のマカリウでも市民一三二人の虐殺が判明——。

〝あの時〟とまったく同じだ……。

プーチンは二一世紀のヒトラーだ。自分の欲のためなら戦争も厭わず、女子供や自分の家族さえ殺すだろう。そして最後には、核のボタンを押すだろう。

「ロンホワン、あなたはどうして、いつもウクライナのニュースを見ているの？」

ベッドに寝そべりながら、亜沙美が首を傾げた。

「ぼくは昔、ウクライナにいたことがあるんだ……。そう、ロシアがクリミアに侵攻した、二〇一四年ごろに……」

当時、ロンホワンは〝グーロ・ヴラトコヴィチ〟という名前で、CBP（ロシア対外情報庁）のエージェントとしてクリミア自治共和国に潜伏していた。他にもニュースに出てくるキーウ、ドネツク、マリウポリ……すべて懐かしい地名だ。

だが、その後〝あること〟が切っ掛けとなり、ロンホワンは逆に現地のロシア軍と親ロシア派の住民から追われる身となった。黒海に面した港町フェオドシアまで逃げ、貨物船〝チェルカースイ〟に船員として紛れ込み、二〇一四年に日本に逃れてきた。

「あなたはウクライナ人なの?」

亜沙美が訊いた。

「違うよ。お母さんは日本人……。お父さんはたぶん、ロシア人……。でも、ぼくに国籍はない……」

ロンホワンは東洋人とも西洋人ともつかない不思議な顔つきをしている。

「ウクライナに好きな人はいたの?」

「うん、恋人がいた……。でも、彼女は死んだんだ……」

「そうだったの……。ごめんなさい……」

「別に、いいんだ。それより、〝仕事〟の話だったね」

「そう、今回の〝標的〟はこの男……。森村達也、男性……二八歳……。職業は、俳優……」

亜沙美がタブレットに入っている森村達也の写真を見ながら説明した。

「すごくハンサムな男だね。この男、何をしたの……?」

「ロンホワン、嫌だ。昨日、説明したじゃない。聞いてなかったの?」

「ごめん、考えごとをしていて、忘れたのかもしれない……」

ロンホワンが頭を掻いた。

「わかった。もう一度いうから、ちゃんと聞いていて」

亜沙美が溜息をつき、タブレットの中の週刊誌の記事を見せながら、もう一度今回の〝仕事〟の内容を説明した。

森村達也は歌手で女優の築地真衣子と、結婚を前提に交際していたこと。当初は芸能界で自分より格上の築地を利用して主演級の役を取るなど甘い汁を吸ったが、利用価値がなくなると五歳上の築地真衣子を一方的に捨てたこと。そして最後に二人が会った別れ話の場で、森村達也は築地真衣子に対し〝死ね〟という暴言を連呼したこと。

その結果、築地真衣子は、仙台の高層ホテルの部屋から身を投げて自ら三三歳の命を絶ったこと……。

「二人の最後の別れ話は、すべて築地真衣子が自分のスマホで録音していたの。そのやり取りが流出して、全部この週刊誌に載っている……。読むに堪えない悲しい記事だわ……」

亜沙美の説明が終わって、ロンホワンは、少し考えた。

「つまり……。そのモリムラタツヤという男が〝死ね〟といったから、ツキジマイコという女の人が自殺した……。そういうことなの……？」

「そういうこと。愛している恋人にそんなことをいわれたら、女は誰だって死ぬ。私だって、いまあなたに〝死ね〟と何度もいわれたら、死ぬかもしれない……」

亜沙美がそういって、ロンホワンの青い目を見つめた。

「モリムラタツヤが恋人を殺した……」

ロンホワンは考える。

「そう。言葉による暴力は、時には物理的な暴力以上に人を傷付けることがある。肉体よりも、心を……」

「ヨハネはいった。神はすべての罪を大罪と小罪に二分する……。モリムラタツヤの罪は、〝大罪〟だ……。なぜなら、恋人が死ぬことをはっきりと意識し、意図的に〝死ね〟といったから……」

それはいまウラジーミル・プーチンがウクライナでやっていることと同じだ。

市街地を無差別爆撃すれば、女性や子供が死ぬことはわかりきっている。スケールは違うが、本質的な〝罪〟は同等だ。

「ロンホワンは前にいったでしょう。ラテン語でレクス・タリオニス……。日本語で、〝目には目を歯には歯を〟……」

「……レクス……タリオニス……。そうだね。この〝仕事〟は、引き受けるべきだ。ぼくたちの報酬は?」

「七〇〇万円。もう、受け取ったわ。ブローカーの〝カントリーマン〟に二〇パーセント手数料を払って、二人の取り分は五六〇万円……」

ロンホワンが、口笛を吹いた。

「凄い……」

「でも、今回の〝仕事〟には問題が二つあるの」

亜沙美がいった。

「どんな問題？」

「ひとつは、いま森村達也がどこにいるかわからないこと。あの〝事件〟の後、マスコミから逃げるために俳優の仕事をすべてキャンセルして、行方をくらませた。森村は元々、資産家のぼんぼんだから、潜伏する資金はいくらでもある……」

「もうひとつの問題は？」

ロンホワンが訊いた。

「クライアントからの、オプションがあるの。あの男を殺す前に、苦しめてほしいって……。彼女と同じように、自分から死にたいと思うくらいに……」

亜沙美がそういって、ロンホワンを背後から抱いた。

4

ひとつ目の〝問題〟は、意外と簡単に解決した。

森村達也は〝事件〟の後、年が明けるまで実家のある大阪に潜伏していた。

だが、三月に東京に戻ってきて、いまは以前に住んでいた麻布の周辺に潜伏しているという。

情報の提供者は、森村の〝元カノ〟の木之内《きのうち》マリアという女だった。職業は、自称モデル。彼女は一年ほど前に、森村に築地真衣子という新しい恋人ができた時点で、ゴミのように捨てられた。

亜沙美はネット情報から木之内マリアを特定し、彼女のフェイスブックを見つけ、そのメッセンジャーから連絡を取った。

「森村達也の件で話がある……」といって一〇万円の情報提供料を持ち掛けると、すぐに誘いに乗ってきた。

森村は、マリアと別れてからもずっと連絡を入れてきたという。気が向いた時に呼び出されて、また遊ばれた。

あの〝事件〟があってからも、マリアは何回か森村に会っている。東京に帰ってきてからは、その回数も多くなった。

だが、森村は、用心深い。何かの影に怯えているようだった。

呼び出されて会っても外で食事をして、いつものバーで飲み、タクシーで代々木のマリアの部屋に来て泊まっていくだけだ。朝になればまた勝手にマリアの部屋を出ていって、タクシーでどこかに帰っていく。絶対に自分の部屋にマリアを連れていくことはないし、場所も教えようとしない。

マリアは、森村の新しい携帯の番号とメールアドレスを教えてくれた。だが、知らない番号から掛かってきても、電話には出ないだろう。メールに返信してくる訳もない。ならば、待ち伏せるにはどこがいいか……。

唯一、可能性があるとすれば、マリアが何度か連れて行かれた西麻布の〝SACRIFICE〟(生贄)というバーだろう。いわゆる〝半グレ〟と呼ばれる集団との関係が噂される店で、芸能人の客も多く、それ目当ての女たちも集まってくる。

森村も週に二度か三度は、この店に顔を出すらしい。女を連れていることもあるが、ほとんどは一人だ。目当ては、女と薬だ。

マリアは亜沙美のことを、週刊誌の記者だと思い込んでいた。知っていることは、何でも教えた。さんざん自分のことを弄んだ森村を、かなり恨んでいるようだった。

亜沙美は、夜空を見上げた。

つい三週間ほど前に、俳優の築地幸太郎と歌手の山口美音子と会った日とは逆の方角に、巨大な六本木ヒルズが聳えていた。

このそれほど広くない町で、あの二人と森村が、六本木ヒルズを中心として時計の針のように交錯する光景を想像した。

だが、時計の針は絶対に巻き戻すことはできない……。

バー〝SACRIFICE〟は路地裏の、古い小さなビルの地下にあった。

午後一〇時……。

亜沙美はジャケットを脱ぎ、布の面積が小さなタンクトップとミニスカートだけの姿になり、階段を下りた。

今夜は、化粧も濃い。こんな姿で若い女が一人でバーに入っていけば、誰もが男漁りの客だと思うだろう。

運が良ければ今夜、森村達也がこの店に現れる。もし森村が現れなければ、適当な男を引っ掛けて店を出ればいい……。

亜沙美は地下の狭いフロアまで下り、〝SACRIFICE〟と書かれたジュラルミンのドアの前に立った。

息を吸って、重いドアを開けた。

薄暗い店の中で、男たちの視線が一斉に亜沙美に注がれた。

5

テレビからは、いつものCNNニュースの音声が流れていた。

ロンホワンはベッドに座り、女性アナウンサーが話すウクライナ関連のニュースに耳を傾けていた。

――ウラジーミル・プーチン大統領は二七日、他国がウクライナに介入し、ロシアに戦略的脅威を与えようとするなら、電光石火の対応を取るだろう。我々はそのためのあらゆる手段がある、と警告しました。プーチン大統領のいう〝手段〟とは、弾道ミサイルを含む核兵器を指しているとみられています――。

ロンホワンは、思う。

あの男なら、アメリカにでも核ミサイルを撃ち込むだろう。彼は自分が死ぬことも、何十万人という罪なき人々を焼き殺すことも怖れてはいない……。

ロンホワンはニュースの音声を聞きながら、手元の作業に神経を集中していた。ベッドの前に置いた小さなテーブルにゴムのメンテナンスマットを広げ、ライトスタンドの明かりをつけ、その上で愛用の銃を分解している。

S&W・M36リボルバー……。

一九五〇年、アメリカのスミス&ウェッソン社が警察用拳銃として開発した小型リボルバーだ。通称、チーフス・スペシャル。小さな回転弾倉に口径38スペシャル弾が五発しか入らない。

銃身は二インチ。重さは僅か五五〇グラム。だが、〝殺し屋〟の〝道具〟として、これほど頼りになる銃も他にない。

ロンホワンは目にルーペを掛け、右手にマイナスのドライバーを持って一本ずつネジを外していく。外したネジと部品はすべてメンテナンスマットに広げたネルの布の上に並べ、すべての汚れを拭い落とし、新しいWD―40スプレーオイルを吹きつけて磨く。そしてクリーニングが終わった部品を、またひとつずつ慎重に組み上げていく。

この古い銃は、父親のラブロフ・グログロから受け継いだものだ。

〝父さん〟はおそらくロシア人で、ロンホワンと同じ〝殺し屋〟だった。日本の裏社会では〝クズリ〟と呼ばれていた。

だが、ラブロフ・グログロは、一九八八年、当時のソビエト連邦下のエストニアで独立派の工作員の一人として死んだ。少なくとも、ロンホワンは父親の古い友人たちからそう聞かされていた。

だからロンホワンは、父親からこの銃と名前を受け継いだ。

このM36があれば、いましばらくは日本で〝殺し屋〟として生きていけるだろう……。

ロンホワンは銃を組み上げ、ハンマーを起こし、トリガーとシリンダーの動きを確かめる。すべてが正確であることを確認すると、サムピースを押してロックを解除し、シリンダーを開く。そして五つの弾倉に〝38・SPL〟と刻印された拳銃弾を五発込め、またシリンダーを閉じた。

銃をメンテナンスマットの上に置いたところで、ロンホワンのアイフォーンがラインを受信した。時計を見ると、午前〇時を過ぎていた。

ラインは、亜沙美からだった。

〈――お酒に薬を入れられた――〉

〈――これから男にやられるかも――〉
〈――でも心配しないで。愛してる――〉
ロンホワンはアイフォーンを置いてベッドに横になった。
目と心を閉じて、またニュースの女性アナウンサーの声に耳を傾けた。

6

二日後――。

森村達也は路地裏のバーの看板の前で立ち止まり、あたりの様子を窺った。

誰にも見られていないことを確かめて、古いビルの入口に体を滑り込ませた。

疑心暗鬼になっていることはわかっている。築地真衣子が死んでから、ネット上に奇妙な書き込みが増えたからだろう。

――森村達也は人間のクズだ――。

――あいつ、消されるんやないか――。

――見つけ次第、森村達也を殺せ――。

もう、いい加減にしてくれ。真衣子が死んだのは、おれのせいじゃない。あいつが勝手に死んだんだ……。

達也は地下に下りる狭い階段の踊り場で、壁に掛けられたバドワイザーの大きなパブミラーに目をやった。鏡に見馴れない〝自分〟が映っていた。

プラチナブロンドに染めた長髪に黒のバケットハットを被り、顔の半分は同色のマスクで隠し、目には眼鏡を掛けている。誰が見たって、これが〝森村達也〟だとは気付かないだろう。

地下に下りて、バー〝SACRIFICE〟のドアを引いた。時間がまだ早いせいか、店の中に客は二人しかいない。入口のコートスタンドに帽子とスプリングコートを掛け、カウンターの隅のいつものお気に入りの席に座った。

顔見知りのマスター、宇野多加司《うのたかし》がカウンターの前にすっ……と寄ってきた。

「よぉ、達也。入ってきた時、誰だかわからなかったぜ。久し振りだな」

「そうでもないっすよ。三日前に来たばかりじゃないすか……」

宇野は元総合格闘技の選手だった。歳も達也よりひと回り上だ。

「そうだっけか。それで、何を飲む?」

「生ビールください……」

今夜はあまり、酔わない方がいい。

「それで、一昨日の夜にここに来た〝女〟って、そんなに凄かったんですか?」

カウンターに置かれたグラスのビールを飲みながら、達也が訊いた。

「ああ、凄ぇよ……。めっちゃいい女だ。顔も体もいいし、この前お前が連れてたモデルとかいう女なんか目じゃねぇぜ……」

宇野が顔を近付け、ボックス席の客に聞こえないように声を潜める。

「本当っすか。多加司さんがそこまでいうなんて、珍しいやないですか……」

達也がビールを口に含み、マールボロに火をつけた。マリアもけっこう美人なのだが。

「仕方ねぇだろう。マジに凄えんだよ。実際に〝喰った〟おれがいうんだから、間違いねぇよ」

宇野がそういって、ドクロの形をした灰皿を達也の前に置いた。

「でもその女、ヤバくないんすか」

「ヤバくなんかねぇよ。ただヤリたいだけの女さ。森村達也に会いたいっていうから、それなら土曜日に来いといっておいた。今夜これから来るだろう。ヤバいことが起きたって、おれがいるんだぜ」

「おれ、その女、本当に喰っちゃっていいんすか?」

「ああ、どうせ相手もお前を喰いたがってんだから、やってやんなよ。色男は得だよなぁ」

宇野がタトゥーの入った太い腕を組んで笑った。

達也は、どこかキナ臭いものを感じた。

だが、これまでタレントやモデルを散々喰っている宇野が、それほどべた褒めする女がどれほどのものなのか、興味があった。

それにあの〝事件〟以来、達也は自由に遊べる女にあまり縁がない。そんな女がいるなら正直、やりたかった。

「その女、本当に来るんすか？」

「ああ、来るっていってたから、来るんだろう。今日は、連休中だから店は一二時に閉める。奥のビップルームで、やろうぜ」

宇野がそういって、親指を立てた。


最後の客が帰り、時計の針が一一時四五分を指した時だった。

あの女、今夜は来ないのかな……。

達也と宇野がテキーラを舐めながらそんなことを話していると、店のドアが軋む音がした。入口の方を振り返ると、髪の長い女が一人、中の様子を窺うように入ってきた。

凄え……。

達也は女を見た瞬間、その姿に目が釘付けになった。

腰のラインまでスリットが入ったデニムのホットパンツ。胸元を大きく開けたハーフジップのタンクトップ。肩に掛けた、黒いショルダーバーキン。顔も、スタイルも完璧だ。

確かに宇野のいうとおり、この六本木や麻布、南青山の界隈でも、こんなに〝いい女〟は滅多に見掛けない。

宇野が手招きすると、女が小さく手を振り、カウンターの方に歩いてきた。

「私、アサミです。よろしく……」

女が達也の横に座り、ぺこりと頭を下げた。バーキンを隣のスツールの上に置き、大きな目で達也を見つめた。

「ああ……よろしく……」

達也の視線は、女の目から胸元にいった。そしてその向こうにある黒いバーキンに目が留まった。

どこかで見たことのあるショルダーバーキンだった。だが、どこで見たのかは思い出せなかった。

まあ、いいや。きっと、どこかの女が持っていたのだろう。黒いバーキンなんて、いくらでもある。

「ほら、アサミも飲めよ」

宇野が女の前にショットグラスを置き、テキーラを注いだ。

「また、テキーラですか……」

女が、助けを求めるように達也を見た。

「一杯くらい平気だよ。おれも一緒に飲むからさ」

達也がいうと、女がこくりと頷いた。

「うん……わかった……」

女がショットグラスのテキーラを、一気に飲んだ。

喉元から胸に伝うテキーラを見て、達也は生唾を呑んだ。

自分も慌てて、テキーラを空けた。

宇野も、自分のグラスのテキーラを飲んだ。

カウンターを出て、入口に向かう。

看板の明かりを消し、ドアの鍵を掛けた。

7

ロンホワンは白い狐の面を被り、闇の中で息を殺していた。

ここは、同じビルの二階だ。この階には居酒屋が入っているが、もう店は終わった。誰もいない。

三階と四階には、テナントは入っていない。

いまこのビルに人がいるのは、地下のバー〝SACRIFICE〟だけだ。

ロンホワンは闇の中で、アイフォーンのタッチパネルに触れた。

いま、〇時一〇分……。

亜沙美が店に入ってから、二五分経った。だが、まだ連絡はない。

ロンホワンの目の前に、一匹の大きなクマネズミが出てきた。

ネズミはロンホワンの気配に気付かずに、階段を下ってどこかに消えた。

8

カウンターの上のショットグラスに、三杯目のテキーラが注がれた。

亜沙美はグラスを手にして、ふう……と息をついた。

お酒は苦手ではないけれど、テキーラを二杯飲まされただけでかなり酔いが回ってきている。もしこの三杯目を飲んだら、また潰される……。

宇野という両腕にタトゥーを入れたプロレスラーのような男が、自分と森村達也のグラスにもテキーラを注いだ。だが、別のボトルからだ。きっと亜沙美のグラスのだけが〝本物〟のテキーラで、自分たちのはただの水なのかもしれない。

このタトゥーを入れた男のことは、よく覚えている……。

一昨日このカウンターで飲みながら、森村達也のことを聞いたら、教えるかわりにといってテキーラを飲まされた。そのテキーラに、薬が入っていた。意識が朦朧としたところで奥のソファーのある個室に連れて行かれて、散々やられた……。

でも、今日は〝薬〟は入れられていないらしい。二杯飲んでも、まだ朦朧とするほど眠くなってこない。きっと、〝薬〟を使わなくても、この女は何でもすると思われているのかもしれない……。

「ほら、もっと飲めよ」

宇野という男がカウンター越しに亜沙美のグラスを持って、顔の前に突きつけた。

「待って……。そんなに飲んだら、酔っちゃう……。少し、休ませて……」

亜沙美が甘えるように、取り繕う。二人の男も、口元だけが笑っている。

「休むなら、奥の部屋で飲もうぜ。その方が楽だろう。達也、連れてってやれよ」

宇野がいった。

「ほら、こっちに来なよ……」

亜沙美がスツールから立って、バーキンを肩に掛けた。足が、もつれた。体を二人の男に支えられ、奥のビップルームに連れて行かれた。

薄暗い部屋の白くて柔らかいソファーに座ると、また無理矢理にテキーラを飲まされた。

咽《む》せて、半分ほど口から溢れ出た。その唇を、森村達也の口で塞がれた。

タンクトップのジッパーを下ろされ、ホットパンツのボタンを外された。

うざい……。こいつ本当に、ここでやるつもりなの……?

「……待って……。トイレに行かせて……」

塞がれた口が自由になった瞬間に、声を出して体を起こした。

「トイレかよ……」

「うん、すぐに戻ってくるから……」

亜沙美はタンクトップのジッパーを上げ、バーキンを持って部屋の外に出た。カウンターの前を通ると、宇野がスツールに座ってタバコを吸っていた。

「どこに行くんだ?」

宇野が訊いた。

「トイレ……」

亜沙美が答える。

「入口の右側のドアだ」

「うん、わかってる……」

この前、来た時に、飲まされたテキーラをそこで吐いた。

入口の前を通った時に、ドアの鍵を見た。鍵が、掛かっていた。

外そうと思ったが、後ろで宇野が見張っている。

だめだ。隙がない……。

入口の前を通り、トイレのドアを開けた。中に入り、鍵を掛けた。バッグからスマホを出し、ロンホワンにラインを三本、送った。

〈――森村達也は今ここにいるわ――〉

〈——宇野というプロレスラーみたいな男も一緒——〉

〈——ドアには鍵が掛かっている——〉

しばらくすると、ロンホワンから返信があった。

〈——そこに行く。待ってて——〉

亜沙美はトイレの水を流し、外に出た。

宇野がカウンターのスツールに座り、こちらを見ている。

亜沙美はその前に立ち止まり、宇野の手を取った。

「あなたも来て……。三人で、楽しもうよ……」

「いいね……」

宇野がタバコを消し、亜沙美についてきた。

部屋に入ると、森村達也が驚いたように入ってきた二人を見上げた。

「どうしたんすか……」

森村が訊いた。

「彼女が三人で楽しもうとさ」

宇野がいった。

「そう……。楽しもうよ……」

亜沙美がソファーに座ると、二人の男が抱きついてきた。すぐに、服を脱がされた。

そう、楽しませてあげる……。

ロンホワンが来るまで、君たちの人生の時間はあまり残っていないのだから……。


手の中でアイフォーンが振動し、ディスプレイが点灯した。

闇の中に、白い狐の顔が浮かび上がった。

亜沙美からのラインだ。

店の中には森村達也と、もう一人いる。宇野という男は、この前亜沙美を〝やった〟男だ。

だが、店には鍵が掛かっている……。

時刻は〇時三〇分……。

ロンホワンは亜沙美にラインを一本返信し、座っていた階段から立った。

地下に下りて、狐の面を被ったままバー〝SACRIFICE〟の貨物船の船室のようなドアの前に立った。把手のレバーを回す。やはり、亜沙美のいったとおり鍵が掛かっていた。

ロンホワンはドアの前に腰を落とし、M—65フィールドジャケットのポケットからピッキングの道具を出した。ケースを開けて、中から先が曲がったピックを選び、それを鍵穴に差し込む。

ピッキングは、しばらくやっていない。

うまく開けばいいんだけれど……。

亜沙美は二人の男を相手にしていた。

二人共、亜沙美の体に夢中になっている。

この部屋でこうしていれば、ロンホワンが入口のドアの鍵を開ける音は聞こえない。

でも、遅い……。

それならそれで、かまわないけれど……。

たまには二人の男とするのも、悪くない。

思わず、声が出た。その時、〝何か〟の気配に気が付いた。

目を開けると、部屋入口のドアが開き、そこに白い狐の面を被った男が立っていた。

口の前に人さし指を立てて、声を出すなと合図している。

だが、亜沙美の胸に夢中になっていた宇野が、背後の気配に気付いて振り返った。

「何だ、お前は……」

下半身裸のまま、男に向かった。

宇野は背後に立っていた狐の面を被った男を見て、頭に血が上った。

部屋の外に、男を追った。男が、後ずさる。自分が下半身裸のことも忘れて、狐の面に渾身の右フックを放った。

だが、男が消えた……。

次の瞬間、股間に悍ましい激痛が疾り、その場に昏倒した。


ロンホワンは、足元に倒れている下半身裸の大男を見下ろした。

この男は格闘技のプロなのだろう。だから本能的に、格闘技のルールに則って戦おうとした。相手もルールを守ると思い、股間を狙われるなどとは思わなかったのだろう。

だが、そんな格好で大股を開いて向かってくれば、プロの〝殺し屋〟が急所を攻撃するのは当然のことだ。つまり、お前が間抜けだったということだ。

ロンホワンはM－65ジャケットの下からM36リボルバーを抜いた。

急所を潰されて倒れている大男の頭に銃口を向けた。

だが、息を抜き、銃を下げた。

この男は、今回の〝仕事〟の料金に含まれていない……。

男をそのままにして、奥の部屋に戻った。

入口に立つ。裸の亜沙美がクッションで胸を隠しながら、小さく手を振った。ソファーの横ではやはり裸の痩せた男が、自分の服で体を隠しながら震えている。

ロンホワンが銃を持って、男に歩み寄る。

「この男がモリムラタツヤという人？」

髪をブロンドに染めているが、前に亜沙美に見せられた写真と同じ顔だ。

「誰かと思った……。そう、森村達也。間違いないわ……」

亜沙美がそういって、バーキンのショルダーバッグを持って男から離れた。

そうだ。その高そうなハンドバックは、穢れた血で汚さない方がいい。

狐の面を被ったロンホワンが、歩み寄る。

「……やめて……お願いだから……ぼくを殺さないで……」

森村達也は鼻水を垂らしながら、綺麗な顔をぐしゃぐしゃにして泣いている。

「なぜ、殺されると思うんだい？」

ロンホワンが顔を近付け、訊いた。

「わからない……わからないよ……。真衣子が死んだから……。でも、ぼくが悪いんじゃないよ……。違うんだ……」

森村が顔を振りながら、泣き続ける。

「そうだね。君が悪いんじゃない。きっと、すべて、君の胸に潜む悪魔のせいだ。だから、その悪魔を追い出してあげるよ……」

ロンホワンはクッションをひとつ森村達也の腹の上に置き、ちょうど胃のあたりにM36の銃口を当てた。

引き鉄を引いた。

くぐもった銃声がして、クッションの中の白い羽毛が飛び散った。

「うわぁぁ……」

森村達也の体が痙攣し、エビのように丸まった。三回、咳込み、唇の薄い口から大量の血と胃液を吐き出した。

怯えた目で、ロンホワンを見つめている。

……たす……けて……。

口が、そう動いたように見えた。

だが、もう声は出ない。

「君は、死ぬんだ……。これから二〇分か、三〇分……。この世のものとは思えない苦しみを味わいながらね……。その間に、自分のしたことを、ゆっくりと考えればいい……」

嫌だ……。

森村達也が、首を横に振った。

口からまた、大量の胃液と血が溢れ出た。

すがるように、ロンホワンを見つめている。苦痛に喘ぎ、死の恐怖に震えながら。

だが、ロンホワンは知っている。自分にはもう、この男を助けることはできない……。

亜沙美がソファーの隅で膝を抱えていた。

「ロンホワン……。もう、終わったの……？」

「うん、終わったよ……」

ロンホワンは、腹を抱えて体を丸める森村達也を見つめている。暗がりから、断末魔のうめきが聞こえてくる。

「その男は死ぬの……？」

「うん、破裂した胃から溢れ出た胃液で、他の内臓がゆっくりと溶けていくんだ。もう、助からない……」

亜沙美は、森村の苦痛を想像した。おそらく、こんな苦しい死に方は他にないだろう。きっと、自分なら、早く死にたいと思うに違いない。

「亜沙美、服を着て。ここを出よう」

ロンホワンがいった。

「うん……わかった……」

亜沙美はソファーの上に散乱した自分の服を掻き集め、それを身につけようとした。だが、手が震えて上手く着られない。

「着るのは後でいい。早く、ここを出ないと……」

ロンホワンが服をバーキンのショルダーバッグに入れるのを手伝ってくれた。それを肩に掛け、ソファーから立った。よろけながら部屋を出る時に、森村達也の前で立ち止まり、振り返った。

白いソファーの上の森村の周囲に、真っ赤な血が大量に流れ出ていた。まるで、赤い薔薇の花束を添えたように……。

その時、亜沙美のショルダーバッグを見て、一瞬だけ森村が驚いた顔をした。何かを、思い出したように。

だが、その直後、双眸から急激に光が失われていった。

「さあ、急ごう」

ロンホワンに手を引かれて、部屋を出た。床に、股間を血まみれにした宇野が倒れていた。

足早に、店内を横切る。ロンホワンが入口のコートスタンドから黒いスプリングコートとバケットハットを取り、亜沙美に着せてくれた。

貨物船のような金属のドアから外に出た時に、亜沙美はもうたまらなくなった。

「ロンホワン……。私、もうだめ……。いま、ここでして……」

亜沙美はコートのボタンを外してロンホワンの首に腕を回し、狐の面を取って唇を吸った。体が熱くて、腰が抜けそうだった。

だが、ロンホワンに突き放された。

「亜沙美、だめだよ。もう少し我慢して。一刻も早く、ここを離れないと」

「わかった……」

ロンホワンに手を引かれ、階段を駆け上がった。

地上に出て、二人は別々の方向に歩き出した。

9

二日後——。

ロンホワンと亜沙美は、大久保二丁目の古いビルのアジトに戻っていた。

もう昼近くになるのに、屋上のコンテナハウスのベッドの中で、裸で微睡んでいた。

お腹が減ったから、外に韓国料理のテイクアウトでも買いに行こうか……。

そんなことを話しながら、テレビのニュース番組をぼんやりと眺めていた。

「森村達也は、どうなったんだろう……」

亜沙美が、ベッドに肘を突きながら首を傾げる。

「さあ、どうなっただろうね……」

ロンホワンが、他人事のようにいった。

その時、突然、番組がウクライナ関連のニュースから切り替わった。

——たったいま、速報が入りました。

警察によりますと、今朝早く、西麻布にあるバーの店内で、二人の男性の遺体が発見されたということです。

一人はこの店の店長の宇野多加司さん、もう一人は持っていた身分証などから俳優の森村達也さんと見られており、どちらも暴力を受けて銃で撃たれるなどしていることから、警察は半グレ集団の抗争に巻き込まれたものとみて慎重に捜査を進めています。

また俳優の森村達也さんは昨年の暮れに亡くなった歌手の築地真衣子さんと親しかったことでも知られており――。

「ロンホワン、あのマスターも殺しちゃったの?」

「うん……。でも、殺すつもりはなかったんだけど……」

「マスター、可哀想……」

「どうして? あの男は、君に〝薬〟を入れたお酒を飲ませて犯した……」

「違うわ。あれは、私も少し、楽しんだもの……」

亜沙美がそういって、ロンホワンに口付けをした。

テレビの画面が西麻布のバーの前から、切り替わった。

高級マンションのロビーから出てきた俳優の築地幸太郎をマスコミが取り囲み、マイクが突き付けられる。

――築地さん、ひと言お願いします――。

――今朝、俳優の森村達也さんが遺体で見つかりましたね。それについて、何かひと言――。

——築地さん、どう思われますか——。

築地がマスコミの取材の前に立ち、ひとつ息を吸って、周囲から向けられるマイクに話しはじめた。

——正直、私もいまニュースで知ったばかりで、まだ他に何も情報がないんですよ。どう思いますかといわれても、もう私には関係ないことですし——。

さすがに一流のスターだ。マスコミに囲まれても、まるで舞台に立っているように落ち着き、堂々としている。

その築地幸太郎に、さらにマスコミが無粋な質問をぶつける。

——天国のお嬢さんには、何と報告しますか？　お嬢さんは森村達也さんの死をどう思うと思いますか——。

だが、築地は穏やかに笑う。

——さあ、私にはわかりません。天国などがあるとは思えませんし、私は真衣子ではありませんから。しかし、ひとつだけ——。

築地がそこで言葉を切り、何かを考えるように首を傾げた。

——何ですか。ひとつだけ、何があったんですか——。

マスコミのマイクが詰め寄る。

——ええ。たったいま、前の妻の山口美音子と、電話でこんなことを話してたんです。もしかしたら、この世に神様はいるのかもしれないと——。

——神様ですか。それは、どういう意味ですか——。

——築地さん、教えてください。神様って、どういうことなんですか——。

——変なことをいって、すみません。あとは、皆さんで考えてください。私は、これで失礼します——。

築地幸太郎は踵を返すと、詰め寄るマスコミの輪を振り切ってまたマンションの中に戻っていった。

その時、一瞬……。

築地幸太郎がカメラの方を見た。テレビの前にいたロンホワンと亜沙美、二人と目が合ったような気がした。

同時に、口がかすかに動いた……。

「いま、何かいったわ、私たちに……」

「そうだね。何かいった……」

ロンホワンは、CBPの工作員として〝リップ・リーディング〟（読唇術）の訓練を受けたことがある。

「たぶん……〝グッジョブ〟（良い仕事をしたね）といった……」

画面がまた、ウクライナ関連のニュースに切り替わった。

「ねえ、ロンホワン。今回の〝仕事〟のこと。私たちのしたこと、〝正義〟だったと思う？」

亜沙美が訊いた。

だが、ロンホワンは少し考え、首を横に振った。

「人を殺すことに、〝正義〟なんてないんだよ。戦争も、同じさ。だけど〝神〟はいる。だからぼくたちもいつか、〝神〟の雷を受ける……」

ロンホワンがいった。

第三話　鬼母の胸に銀のナイフを

1

女は被告人席に座ったまま俯き、目を閉じた。

長い髪に隠れた横顔からは、何を思っているのかを窺い知ることはできない。

だが、黒いスカートの膝にハンカチを握った両手を置き、項垂《うなだ》れて涙を落とす姿からは、真摯な反省以外のものを察することはできなかった。

七月六日、午後一時三五分――。

東京地裁第８１３号法廷では、すでに弁論手続きも終わり、裁判長の小野田俊男《おのだとしお》が長い〝判決理由〟を朗読していた。

通常、日本の裁判では、まず〝主文〟――判決――がいい渡される。先に、〝判決の理由〟を読み上げるいわゆる〝主文後回し〟は、殺人事件による〝死刑〟、もしくは〝無期懲役〟の厳刑という不文律がある。

だが、主文後回しにそのような明確な規定が存在するわけではない。実際には〝殺人〟ではなくても社会的に問題になった事件や、逆に罪が軽く執行猶予が付くケースでも判決理由が先に読まれることがある。

数年前、某有名作曲家が詐欺罪に問われた裁判では、裁判長は先に判決理由を読み上げながら被告に反省と再起を諭し、その上で執行猶予付きの予想より軽い判決をいい渡した例がある。つまり裁判長には被告の罪が重いか軽いかにかかわらず、〝判決の理由〟を重視すべき時には〝主文後回し〟にする権限があるということだ。

だが、この裁判の被告、森本綾香《もりもとあやか》は、人を殺している。しかも殺したのは、自分の子供だ。予想していたよりも、重い判決が下されるのではないか……。

被告人の元夫、江藤真樹《えとうまさき》は、傍聴席でそんなことを思いながら裁判長の話に耳を傾けていた。

その淡々とした朗読もすでに二〇分が過ぎ、長い判決の理由もそろそろ佳境に差し掛かっていた。

「……被告、森本綾香は、かつては優しい一人の母親だったはずです……。亡くなった翔太《しょうた》君が生まれ、初めてその手に抱いた時の感動を、いまこそ思い出してください……。あなたは心の底から翔太君を慈しみ、この世の何よりも愛し、自らの命に代えても守ろうと心に誓ったはずです……。あれから僅か四年で、なぜ自分が変わってしまったのか。その理由を考えてみてください……。

被告、森本綾香は、確かに若い愛人の田中亮介《たなかりようすけ》の暴力に怯え、心身共に支配されていた……。だから愛人が翔太君に暴力を振うのを見ても、止めることができなかった……。

愛人の〝しつけ〟だという言葉に惑わされ、自分も同調して虐待に加勢してしまった……。結果としてその行為が、幼い翔太君を死に追いやることになった……。

しかし被告は、まだ若い……。失った優しさと人生を取り戻すには、十分な時間があります……。それに被告、森本綾香は、自分の愛する翔太君を失ったことを心から悔い、その罪を十分に反省している……」

江藤は裁判長の言葉を聞いて、おや？　と思った。

綾香が翔太を失ったことを〝心から悔い〟とはどういうことだ？

あの女は〝罪を十分に反省〟などしていない。しているわけがない……。

だが、江藤が異議を唱えることもできぬ間に、裁判長は判決の理由の朗読を終えて主文を読み上げた。

「……主文……。被告、森本綾香を懲役三年に処する。この裁判が確定してから五年間の執行を猶予する……」

法廷が、騒ついた。

江藤は、自分の耳を疑った。

何だって？

執行猶予だって?

いったい、どういうことなんだ?

あの小野田という裁判長は、何を考えてるんだ。ふざけるな。あの女は、自分の子供を殺してるんだぞ。

小野田裁判長が冷淡な表情で手元の資料をまとめ、席を立った。被告人席で、森本綾香が深々と頭を下げた。

だが、その時、綾香の横顔の中で、口元がかすかに笑ったことを江藤は見逃さなかった。

あの女は反省などしていない……。

2

ロンホワンはまだベッドの上で毛布に包まり、微睡んでいた。

すでに日は高い。ビルの屋上のコンテナハウスの安普請の窓では、古いウインドエアコンがコンプレッサーを唸らせながら、不快に冷たい空気を吐き出している。

「ねぇ、ロンホワン……。起きてよ……。もうすぐお昼になるよ。私のいうこと、聞いてるの……?」

亜沙美に体を揺すられ、ロンホワンは寝返りを打った。毛布を頭から被る。

「もう少し寝かせてよ……。昨日、ウイスキーを飲みすぎて頭が痛いんだ……」

「そんなこといってないで、起きてよ。大事な〝仕事〟のことなんだから、話を聞いて。起きなさい！」

亜沙美に毛布を剝ぎ取られ、ロンホワンは体を丸めた。それでも体を揺すられ、仕方なく微睡む目を無理に開いて汗臭いベッドに起き上がった。

体を伸ばして、大きなあくびをした。

「〝仕事〟の話は、ちゃんと聞いていたよ……。三日前に、新しいオファーが入った。〝標的〟は、〝女〟……。ぼくは〝女〟を撃つのは嫌だといったのに、亜沙美がケイマン諸島の銀行の口座番号を教えたから、もう三万ドル振り込まれてしまった……。だったらそのお金を、全部クライアントに返して断わればいいじゃないか……」

ロンホワンはまだ寝ぼけている頭を搔きながら、また大きなあくびをした。

「それがそうはいかないのよ。今度の〝依頼人〟は匿名で、名前がわからないの。だから、お金も返せない。お金も返さず、〝仕事〟もやらなかったら、私たちの信用はそれで終わりだわ。闇社会に悪い評判が出回って、二度と〝仕事〟はできなくなる……。だから、お願い……」

亜沙美がそういって、ロンホワンの頰にキスをした。

それで少し、目が覚めた。

「その前に、水を一杯ちょうだい……。それでその〝仕事〟だけど、どんな話なんだっけ……」

「ほら、やっぱり何も聞いてなかったじゃない。まったく、もう……」

亜沙美が呆れたようにベッドから立ち、冷蔵庫から冷たいミネラルウォーターのペットボトルを持って戻ってきた。それを一気に半分ほど泥のような体に流し込んだら、アルコールの抜け切らない頭がだいぶはっきりしてきた。

「それじゃあ、もう一度話すわよ。ちゃんと聞いてて」

「わかった……」

ロンホワンは水を飲み、溜息をついた。

亜沙美によると今度の〝仕事〟の内容は次のようなものだった。

〝依頼人〟から初めて連絡があったのは先週の木曜日、七夕の日の夜のことだった。

依頼人のコードネームは〝サンソン〟（Ｓａｎｓｏｎ）――。

それ以外のことは年齢、性別、職業、国籍に至るまで、何ひとつわからない。

〝標的〟は森本綾香、三九歳。女性。

前日の七月六日に東京地裁で子供の虐待死の罪を問われた裁判員裁判があり、保護責任者遺棄致死罪で懲役三年、執行猶予五年の判決が下ったばかりだった。

〝依頼人〟からのオーダーには、森本綾香の個人的なデータ、埼玉県所沢市の実家や元の職場など立ち回りそうな場所、幼少時代から学生時代までの友人の名前、連絡先など綿密な資料が添付されていた。

その中でも最も興味深いのは、この数カ月間にわたる裁判の詳細な記録だった。

資料によると、事件が起きたのは今年の二月二五日の夜だった。一九時二〇分ごろに綾香被告から「子供の様子がおかしい……」という一一九番通報があり、最寄の調布消防署より救急車が自宅アパート（調布市小島町二丁目〇－〇）に急行。近くの調布病院に男の子が搬送されたが、間もなく死亡が確認された。

亡くなったのは森本綾香の長男、翔太君で、当時四歳七カ月。体じゅうにアザや骨折があったことから、日常的に虐待が行なわれていた可能性があることが発覚した。

調布警察署はこれを虐待による傷害罪、保護責任者遺棄致死罪として捜査。間もなく母親の森本綾香と、同棲中だった愛人の田中亮介（二八歳）が逮捕された。

警察の捜査によると、翔太君に〝しつけ〟として暴力を振っていたのは主に田中亮介の方で、この一年間は日常的に殴る、蹴る、タバコの火を押し付けるなどの虐待が行なわれていた。綾香もこれに同調して翔太君に暴力を振うことはあったが、「田中に〝やれ〟と命令されて仕方なかった……」と証言。あくまでも田中の指示であったことを主張した。

事件が発覚した当日も、綾香と田中は体調の悪かった翔太君を置き去りにして前日の夜から遊び回っていた。死亡時の翔太君は食事も満足に与えられていなかったようで、体重は四歳児の平均を遥かに下回る一一キログラム、身長は約九〇センチしかなく、この一年は保育園にも通っていなかった。

森本綾香の愛人の田中亮介の裁判はすでに二週間前に終わっており、傷害致死罪で懲役七年が確定している。田中は「しつけだった……」と弁明しながらも、翔太君に暴力を振ったことは認めている。一方で、綾香被告が暴力を振ったか否かについては、「記憶にない……」と一切証言しなかった。

先の綾香被告は裁判員に対し、自分が翔太君に怪我をさせるような暴力を振ったことは一切認めなかった。一方で、自分も田中被告の暴力の犠牲者であったことを主張。当時はそれが原因で心神耗弱状態にあったことも認められて、裁判員は執行猶予付きの判決を下すことになった。

「ねえ、亜沙美、〝シッコウユウヨ〟って何？」

ロンホワンは日本語があまり得意ではない。

「そうね……何といったらいいのかな……。懲役三年だから本当は刑務所に入らなくてはいけないんだけど、五年の間だけ我慢して罪を犯さず、裁判所の命令に従って真面目に生活していれば、刑は執行されない……。つまり、刑務所には入らなくてもいいということ……」

亜沙美の説明で、理解できた。

「それじゃあその女は、自分の子供を虐待して殺したのに、刑務所にも入らないの？そんなのおかしいよ」

ロンホワンは、怒りを覚えた。

「そうね……。でも裁判では暴力を振ったのは主に若い愛人の田中という男の方だし、森本綾香はそれを止められなかっただけということになっていて……」

納得できなかった。

「有り得ない。その女は、翔太君という子供のお母さんだったんでしょう？　だったら自分の子供が暴力を振われていたら、命懸けで守るはずだよ。いま、ウクライナの戦地でだって、母親たちはみんなそうしている。それに、その少年が死んだ時に、その母親は子供が怪我をしているのを知っていてひと晩中遊んでたんでしょう？　そんなの、自分が殺したのと同じだよ……」

「そうね。確かにロンホワンのいうとおりね。日本の法律は、子供を虐待死させても母親に対して甘いところがある……」

亜沙美も、この判決には納得がいかないようだった。

「でも、それはともかく、今度の〝仕事〟のクライアントは誰なんだろう……」

きっとそのクライアントは今回の判決に異議があり、死んだ少年に代わって復讐しようとしている人に違いない。

「一人、可能性があるとしたら、この人かもしれない……」

亜沙美が裁判記録の証人リストの中から、ある一人の人物を選び出した。

江藤真樹、四二歳――。

職業は長距離トラックの運転手。死んだ翔太君の実の父親だった。

裁判記録によると、江藤と森本綾香が結婚したのは二〇一七年の三月。その時にはすでに綾香は妊娠六カ月で、同年の七月に長男の翔太君を出産した。

最初はどこにでもあるような平穏な家庭だったが、江藤は子供が一歳になるころから体に奇妙なアザがあることに気付くようになった。仕事から帰ってきて翔太を抱き上げると腕をひどく痛がるので、病院に連れて行くと、骨折が判明したこともある。

これを江藤が問い詰めると、綾香は「公園で遊ばせている時にころんだ……」と説明した。だが、江藤は、このころから綾香が翔太を「虐待しているのではないか……」と疑うようになった。

大きな異変が起きたのは三年前、二〇一九年の秋だった。江藤が長距離の仕事から狛江市の自宅に戻ると、もぬけの殻のように誰もいなくなっていた。綾香に他の男がいることは薄々わかってはいたが、その後、一方的に別れを迫られて離婚。連れ去られた翔太も、そのままになってしまった。

江藤は裁判の証言台に立ち、「綾香は翔太が一歳のころから虐待していた……」ことを証言し、罪状は「傷害致死に当る……」ことを裁判長に進言した。

だが、森本綾香は「自分は虐待していない……」と主張。結局、裁判員も弁護側の意見陳述を重視して、江藤の証言が判決に反映されることはなかった。

「なるほどね……。すると、今回のクライアントの〝サンソン〟の正体は、この江藤真樹という人なのかもしれないね……」

ロンホワンが残った水を飲み干し、溜息をついた。

「有り得るわね。この江藤という人は自分の子供の翔太君を殺されて、最も憤りを感じている人のはずだから」

「〝イキドオリ〟って？」

「つまり、怒っているということ。裁判でも、傷害致死、もしくは保護責任者遺棄致死罪でも最高刑を望むといっていたくらいだから、執行猶予付きの判決ではとても納得できなかったと思うわ。でも、もしこの江藤という人が依頼人だとしたら、なぜ資料の裁判記録の中に自分の証言も入れたのかしら……。それにトラックの運転手って、報酬の三万ドルをぽんと払えるほどお金を持っているものなのかな……」

亜沙美が首を傾げた。

「トラックは、お金を稼げるよ。ぼくもウクライナで乗っていたことがある。それにもし裁判記録から自分の証言の部分だけ削除したら、かえって〝サンソン〟だと疑われるでしょう。そのくらいは、考えるよ」

「そうね……。ロンホワンのいうとおりかもしれない……。勤務先の運送会社の名前と住所もわかってるから、少し調べてみようかな……」

「そうしてもらえると助かる。クライアントの正体がわからないのに〝仕事〟を引き受けるのは、リスクがあるからね」

「わかった。やってみる。ところでこの依頼人のコードネーム、〝サンソン〟ってどういう意味なのかしら……」

「ああ、それね。たぶん、シャルル・アンリ・サンソンのことだと思う。一八世紀のフランス革命時代のパリに実在した、有名な死刑執行人の名前だよ……」

ロンホワンがいった。

3

七月一四日、午前四時――。

夜が白々と明けはじめた狛江市岩戸の大手運送会社の配送センターに、関西方面からの宅配物を満載した四トン車が着いた。

荷物はここで仕分けされ、さらに関東の他県、東北、北海道、北陸に向かうトラックに積み込まれて走り去っていく。

四トン車を運転していた江藤真樹は事務所に寄ってタイムカードを押し、ロッカールームで業務用ユニフォームを私服に着替え、外に出た。帰りが一緒になった同僚と話しながら駐車場まで歩き、自分の車――旧型の日産セレナ――に乗り込み、エンジンを掛けた。

アイドリングが落ち着き、そろそろ走り出そうとした時、誰かが窓を叩く音が聞こえた。振り向くと、運転席の外に若い女が立っていた。

江藤はパワーウィンドウを下げ、女の顔を見た。眼鏡を掛けているが、美人だった。

「あなた、江藤真樹さんね」

女が訊いた。

「ああ、そうだよ。何か用かい」

「私、こういう者です。先日の裁判のことで、江藤さんにちょっとお聞きしたいことがありまして……」

女がそういって、窓の外から名刺を出した。

〈──東京地方裁判所　第1刑事部
調査課　沼田美子《ぬまたよしこ》──〉

東京地方裁判所にそんな部署があることなど、聞いたこともない。

「こんな朝早くに、何なんだよ……。あの裁判に関しては何も話すことはない。帰ってくれ……」

だが女は車の反対側に回ると、ドアを開けて助手席に乗り込んできた。

「少しだけでいいんです。裁判記録に不備があって、どうしてもお話を伺わなくてはならなくて。昨夜から、ずっと帰りを待ってたんです……」

「おれは大阪から夜通し走ってきて、疲れてんだよ……」

江藤が溜息をついた。

「すぐに終わりますから。お願いします」

結局、家に着くまでの間だけ、車の中で話をすることになった。

沼田美子――水鳥川亜沙美――は早朝の町を走る車の助手席に座り、ステアリングを握る江藤真樹の表情を観察した。

前方を見据える目が暗い。ひと晩中、何百キロもトラックを運転してきたこともあるのだろうが、まだ四十代という年齢にしては深い憔悴が滲み出ていた。

「早く訊いてくれないか。家まではそう遠くない……」

江藤が焦れたようにいった。

「はい、すみません……。江藤さんは裁判で、森本綾香被告は翔太君が一歳のころから虐待をしていたと証言していますが、それは本当なんですか？」

亜沙美が度の入っていない眼鏡を指で上げ、訊いた。

「ああ、本当だよ……。一度や二度じゃない。仕事から帰ると翔太は綾香に怯えていて、体にひどいアザがあった……。腕が折れていたこともある……」

江藤はずっと暗い目で夜明けの街を見つめている。

「でも、裁判員は信じなかった……」

亜沙美の言葉に、江藤が頷く。

「綾香は……あの女は嘘が上手いんだよ。最初は出会い系のサイトで知り合ったんだが、いま考えれば嘘ばかりだった……」

「その嘘を、裁判員も信じたということですか？」

「まあ、仕方ないよな。裁判員といったって一般人なんだから、あの女の嘘は見抜けない。おれだって最初は騙されてたくらいなんだ……」

「でも、虐待は続いていた」

「そうだ……」

「それならなぜ、江藤さんが止めなかったんですか？」

「無理をいわないでくれ。おれは、長距離トラックのドライバーなんだぞ。週に二回は、大阪や仙台に〝泊まり〟になるんだ。その間にあの女が翔太を虐待していても、止めようがないだろう……」

江藤の言葉からは、苦渋が滲み出ていた。

「森本綾香はネグレクト……翔太君を育児放棄していたんですか？」

「いや、それは違うよ……。むしろ、周囲から見ても、あの女は翔太を溺愛していたくらいだった……。ところがどこかでスイッチが入ると、いきなり虐待が始まるのさ……。おれの見ている目の前でも、何度かそんなことがあった……」

つまり、翔太君の虐待死は、何年も前から伏線があった。起こるべくして起きたということか……。

「それならなぜ、江藤さんは翔太君を無理にでも連れ戻さなかったんですか？」

裁判記録によると、綾香が若い恋人と出奔したのは三年前、二〇一九年の秋だった。江藤はその二カ月後には興信所を使い、綾香と翔太君が調布に住んでいることを突き止めていたはずだ。

「できれば、そうしたかったよ……。だけど、それも無理だろう。母親の方に親権と養育権を主張されたら、父親のおれは手も足も出せない……」

「翔太君を無理にでも取り戻さなかったこと、後悔していないんですか？」

「後悔だって？ そりゃあ、してるさ。だけど、考えてみなよ。もしおれが強引に翔太を連れ戻していたら、どうなると思う。いくら父親でも、その場で誘拐罪で逮捕だ。それが、日本の法律なんだよ……」

確かに、江藤のいうとおりだ。日本の法律では、子供に対する権利は母親の方が遥かに強い。たとえその母親に、子供を虐待している疑いがあったとしても……。

「今回の裁判の判決を含めて、日本の法律に矛盾を感じますか？」

亜沙美は訊いた。

「ああ、感じるね。矛盾どころじゃないさ。日本の法律は、でたらめだよ……」

江藤が怒りをぶつけるように、ステアリングを叩いた。

「どんな風に、ですか？」

「考えてもみろよ。なぜあの女に、執行猶予が付くんだ？ 綾香は、自分の子供を殺してるんだぞ。おれの子供をだ。それなのに、実刑も食らわずにのうのうと社会で暮らしてるんだ。男だったら、痴漢をしただけで実刑を食らうんだ。納得できる訳ないだろう」

夢中になって話しながら、江藤は何度もステアリングを叩いた。

「もし江藤さんが裁判長だったら、森本綾香にどのくらいの刑の判決を下したと思いますか?」

亜沙美が訊くと、江藤はしばらく考えた。

そして、いった。

「一〇年か……一五年か……。いや、無期懲役でも足りない……。あいつは、おれから可愛い翔太を取り上げて、殺したんだ……。虐待して殺すなら、置いていけばよかったんだ……。こんなことは有り得ないけど、もし叶うならば、おれはあの女を〝死刑〟にしてやりたい……」

「なぜ、そこまで。森本綾香は、かなり反省していたはずだけど……」

「いや、綾香は、反省なんかしていない。執行猶予付きの判決が下った時、あの女は口元に笑いを浮かべたんだ。おれは、傍聴席で見てたんだよ……」

「そうだったんですか……」

車は、早朝の街を走り続ける。空が、かなり明るくなりはじめた。

「どうする。もうすぐ、おれの家に着く。どこか、近くの駅で降ろそうか?」

江藤がいった。

「はい、そうしてください……」

車は間もなく多摩川を渡り、JR南武線の矢野口駅のロータリーに入っていった。

亜沙美はそこで、車を降りた。

走り去る車を見送り、誰もいない早朝の駅の階段を上る。

歩きながら、考えた。

江藤は森本綾香を、〝死刑〟にしてやりたいといった。

やはり今回の〝仕事〟の依頼人は、あの男だ……。

4

どこかで誰かが自分の名前を呼んでいる。

──綾香……どこにいるの……。綾香……上にいるのなら下りてきて……。綾香……用があるのよ──。

母親の声だ。

糞、忌々しい！

森本綾香はキレそうになるのを抑えて、ベッドから起き上がった。自分の部屋を出て、階段から下に向かって大声でいった。

「なあに、お母さん。私ならここにいるわよ！」

母親の美津子《みつこ》が、階下から顔を出した。

「あら、そこにいたの……。お母さん、血圧が低くて、朝から具合が悪いのよ……。だから、かわりに買い物に行ってきてほしいんだけど……」

私が二階の自分の部屋にいることは知っていたくせに。〝血圧が低くて〟も、いつもの母親の口癖だ。

「わかった。いま下りていくから。待ってて」

綾香はぼさぼさの髪を掻きながら自分の部屋に戻り、溜息をついた。

母親のことが、嫌いだった。自己中心的で気が短く、異様に自己慈愛が強い。

兄の浩《ひろし》のことは過保護なほど溺愛するくせに、妹の綾香はことあるごとに虐待されて育った。父親の森本和浩《かずひろ》は母親の性格が耐えられずに、そのストレスで六五歳の時に脳梗塞で死んだ。医学的な根拠なんかないけれど、少なくとも綾香はそう信じていた。

そして最も母親が嫌いな理由は、自分が似ていることだった。

綾香は、わかっていた。自分が翔太を虐待したのは、母親のせいだ……。

だが、いまはこうしているしかない。何とか母親とうまくやらないと、私は〝外〟にいられないのだから……。

綾香は簡単に化粧をし、髪を整え、階下に下りた。大嫌いな母親から財布と買い物用のバッグを受け取り、家を出た。

外は、蒸し風呂のように暑かった。

何もかも苛つく。実家にいなくてはならないことも、遊べないことも、男とセックスができないことも……。

だが、いまは仕方ない。あと五年おとなしくしていれば、また好きなことができるのだから。

遠くに、巨大なショッピングセンターが真夏の午後の日差しを受けてぎらぎらと光っていた。


ロンホワンは熱いアスファルトの上を歩いていた。

どこにでも売っているような安物のワークパンツに、汚れたスニーカーを履き、色落ちした黒いTシャツを着ていた。顔は、大きなマスクで隠している。この格好ならば、どこかの駅前で街頭演説する政治家の背後に立ったとしても、日本のSPは警戒すらしないだろう。

前方に、女の後ろ姿が見えた。

森本綾香、三九歳。今回の〝仕事〟の〝標的〟だ。女は二〇メートルほどの距離を保って追跡するロンホワンの存在に、まったく気付いていない。

今日は、銃を持ってきていない。だがロンホワンは、イメージの中で女の背中に狙いを定めた。

そしてロンホワンは思う。

自分は本当に、あの女を撃てるのだろうか……。

たった一度だけ、ロンホワンは女を撃ったことがある。

あれは二〇一四年の春、ウクライナでの出来事だった。

あのころのウクライナは、混沌としていた。二〇一〇年には親ロシア派のヤヌコーヴィチ大統領が政権を握り、二〇一三年にはNATO側がこれに介入。CIAが工作してクーデターを仕掛け、翌年の二月にはヤヌコーヴィチ政権が崩壊した。

だが親ロシア派住民の多いクリミアがこれに反発。クリミア自治共和国最高会議は独自にアクショーノフを首相に指名し、三月の住民投票を受けてクリミア半島はロシアに編入された。

当時、ロンホワンはロシアCBP（対外情報庁）のエージェントとして、クリミアに潜伏していた。だが、ヤヌコーヴィチ政権崩壊の直後、ロンホワンはCBPの支部があったシンフェロポリを脱出。黒海に面した町、フェオドシアに向かった。

なぜ、ロンホワンはCBPを抜けたのか。理由は、クリミアのある村で、CBPが当時流行していた〝クロコダイル〟という麻薬を使い、ウクライナ系住民の大量虐殺を計画していることを知ったからだった。そしてその計画は、確実に進行していた。

ロンホワンはロシアとクリミア半島に嫌気がさし、逃げるつもりだった。夜の闇に紛れて街道を歩き、黒海を目指した。日中は穀物倉庫に潜んで眠り、夜になるのを待ってまたウクライナ兵の死体が累々ところがる道を歩き続けた。

フェオドシアの港まで行けば、日本に向かう貨物船に船員として乗り込むあてがあった。だが、ヴィノグラドノエという村まで逃げてきた時、CBPの追手に追いつかれた。

闇の中で、三人の追手と撃ち合った。暗いので、相手の顔はわからなかった。それでもその中の二人を雪の中で殺し、残る一人も古い納屋に誘き寄せて撃ち倒した。

相手は、女だった。

ロンホワンの恋人、イアンナ・クルニコワがそこに倒れていた……。

イアンナは、額に銃弾を受けていた。脳の一部と片目が吹き飛び、残ったもうひとつの目で呆然とロンホワンを見つめていた。まだ生きてはいたが、イアンナが助からないことは明らかだった。

ロンホワンは、イアンナの心臓に向けてマカロフの引き鉄を引いた。彼女の体は一瞬、跳ね上がり、動きが止まった。頭を撃たなかったのは、彼女の美しい顔をこれ以上、傷つけたくなかったからだった。

いまでも時々、あの雪の降る寒い春の夜のことを夢に見る。

女を撃ったのは、あの時たった一度だけだ……。

ロンホワンは前を歩く女の背中を見つめる。心の中で狙いを定め、引き鉄を引く。

BANG！

だいじょうぶだ。自分は、あの女を撃つことができる……。

森本綾香はバスターミナルを横切り、人の流れに交じりながら、地下三階、地上八階の巨大なショッピングセンターに入っていった。

まず最初に有名店の入る三階から六階のファッションフロアを回り、服や小物を見て歩く。

そう……見るだけだ。いまの綾香は自分のお金がない。だから、安物の服さえ自由に買うことはできない。

子供服の売場は、目を背けて足早に通り過ぎる。いまでも男の子用の服は、直視できない。後悔とか、辛いとかいうのではなく、死んだ時の土気色をした翔太の顔がフラッシュバックするのが怖いからだった。

その後で一階の食品売場に行き、あのうるさい母親に渡された子供のような字で書かれたメモを見て、品物を買い集める。

買い物が終わったら最近のお気に入りのカフェに行き、コーヒーを一杯。それがいまの、綾香の唯一の楽しみだ。

いや、楽しみはもうひとつある……。

綾香はコーヒーを飲みながら、母親に買わせたばかりのスマホの画面に見入った。そして三日前に始めたばかりのマッチングアプリ——出会い系サイト——を開き、新しいコメントが入っていないかを確認した。

何人かの〝オトコ〟から、コメントが入っていた。

だけど、ろくな〝オトコ〟がいない。

綾香は溜息をついた。

誰かお金持ちのいい男が現れて、私をこの退屈な生活から早く助け出してくれないかしら……。

コーヒーを飲み終え、綾香は重い買い物袋を提げて家に戻った。

背後から、黒いＴシャツを着た男にずっと尾けられていたことには気付かなかった。

5

新宿区大久保二丁目――。

路地裏の古い五階建てのビルの屋上。

ロンホワンと亜沙美はコンテナハウスの前にテーブルを出し、その上にテイクアウトの中華料理を並べてビールを飲んでいた。

それほど遠くない所には、西新宿の摩天楼が夕刻の夏の陽射しを受けてギラギラと光っていた。

「それで〝ナオミ〟の方は……」

ロンホワンは羊肉串に夢中になり、うっかり亜沙美の名前を間違えた。

「その名前はいわないで。〝奈緒美〟は私の本名だよ。その名前で〝あの店〟もやらされていたんだから、思い出したくない……」

そうだった。その名前では、呼ばない約束だった……。

「ごめん……。それで、亜沙美の方はどうだったの？」

ロンホワンはもう一度、〝殺し屋商会〟の営業用の偽名の方で呼びなおした。

「うん……やっぱり〝依頼人〟は江藤真樹で間違いないと思う……」

亜沙美はスプーンにのせた小籠包をすすりながら、おっとりと答える。

「どうして、そう思うの？」

ロンホワンが青島《チンタオ》ビールを瓶から飲み、訊いた。

「そうね……。絶対にとはいえないけれど、そう思えるだけの〝根拠〟はあるわ……」

亜沙美がちょっと曖昧ないい方をした。

「どんな〝根拠〟？」

「妻の森本綾香が、翔太君を一歳のころから虐待していたことは確かだった。それなのに若い愛人ができて翔太君を連れ去られたことで、かなり恨んでいたもの……。虐め殺すなら、なぜ自分に返してくれなかったんだって……」

亜沙美がビールを飲んでひと息つき、詳しく説明した。

日本の法律では、父親の江藤が母親の綾香から翔太君の親権を取り戻すことが難しかったこと。綾香が翔太君を虐待死させたことは明らかなのに、綾香は裁判員を上手く丸め込んで執行猶予を勝ち取ったこと。自分の子供を殺した女がのうのうと外の世界で暮らしていることを、許せないこと――。

「しかも江藤は、執行猶予付きの判決が下った時に、森本綾香が口元に笑いを浮かべたのを見たんだって。あの女、ぜんぜん反省していない……。だから、おれはあの女を〝死刑〟にしてやりたいって……」

「〝死刑〟って、本当にそういったの?」

ロンホワンは、そのひと言は決定的なことのように思えた。

「いったわ。江藤は、確かに〝死刑〟といったの。それで、ロンホワンの方はどうだったの? 森本綾香には〝会った〟んでしょう?」

今度は、亜沙美が訊いた。

「うん、〝会って〟はきたけど……」

ロンホワンは、この三日間のことを話した。

その間に森本綾香が所沢の実家から外出したのは、一昨日と今日の二回。いずれも家を出て徒歩二〇分ほどのショッピングセンターに行き、三階から上のファッションフロアを見て歩き、一階の食品売場で買い物をする。それが終わるとショッピングセンター内のカフェでコーヒーを飲み、しばらくスマホを見てから帰る。

その間、およそ二時間。友人や、その他の誰とも会っていないし話もしていない。二回とも、外出はまったく同じコースだった。

「〝殺れる〟と思う？」

亜沙美が干焼蝦仁《カンシャオシャーレン》を食べながら訊いた。

「うん……〝殺れる〟とは思うけども……。でも、人が多いね。ショッピングセンターにも、途中の道にも人がいっぱい……。車もたくさん走ってるし……」

もちろん、観衆の目前で〝殺す〟ことは不可能ではない。

だが、最近はショッピングセンターの中だけではなく、街角の至る所に防犯カメラが設置されている。カメラの位置や逃走経路などの下調べに手間が掛かるし、できればリスクの高い手段は取りたくない。

「それならば、いい方法があるわ」

「どんな方法？」

「ちょっと、これを見て……」

亜沙美が自分のスマホを操作し、ロンホワンに画面を見せた。

目を隠した、女の写真が表示されていた。

「これ、何……？」

ロンホワンが訊いた。

「マッチングアプリ……出会い系サイトともいうわ……。男と女が自分の顔写真や個人情報を出して、恋人やセックスする相手を探すの。もちろん顔はわからないように加工したり、個人情報も嘘ばかりだけど。でも、この写真、森本綾香だと思わない……？」

ロンホワンはもう一度、スマホの写真を見なおした。

一枚の写真から、個人を識別する訓練は積んでいる。この髪形には、確かに見覚えがあった。それに顔の輪郭、目を隠している左手のネイルもまったく同じだ。

間違いない……。

「この人、森本綾香だ……」

ロンホワンが驚いたようにいった。

「そうでしょう。名前は〝アヤミ〟になってるけれども。江藤真樹が、綾香とはマッチングアプリを通じて知り合ったといっていたから、もしかしたらと思って調べてみたの。そうしたら、これが出てきたの……」

「つまり、このサイトを利用するということ？」

「そう。この投稿の自己紹介欄には、〝私をどこか遠くに連れ出してくれる人を待ってます〟と書いてあるわ。きっと綾香は、いまの状況から逃げ出したいのよ。私もそうだったことがあるから、よくわかるの……」

「でも……」

「だいじょうぶ。私、架空名義のスマホを持ってるから、それを使えばアシは付かないわ……」

亜沙美がそういって、干焼蝦仁で赤く染まった口に笑みを浮かべた。

6

私の人生に、こんな好運が舞い込むなんて……。

まるで、夢に見たおとぎ噺みたい……。

森本綾香はその日、自分のマッチングアプリに入ってきたメッセージを見て、まずそう思った。

メッセージを送ってきたのは武田正也《たけだまさや》、三七歳。アイドルユニット〝平成騎士道〟の元メンバー。いわゆる〝トミー・プロダクション〟に所属する〝トミーズ〟の一人で、綾香にとっては憧れのスーパースターだった。

だが、およそ一年半前に覚醒剤の所持と使用が発覚して逮捕、送検。後の裁判で懲役一年六カ月、執行猶予三年の判決を受けて〝平成騎士道〟を追放され、事務所も解雇されていた。

以来、武田は自らのブログやツイッターも閉じて、ファンとも音信不通になっていた。

その武田から、まさか私に直接連絡が来るなんて……。

綾香は武田のファンだった。いや、正確にいえば、もっと好きなタレントはいくらでもいた。でも、自分のマッチングアプリにダイレクトメールが入ってきたいまとなっては、武田がずっと一番だったような気がしてきた。

天に舞い上がるような気持ちだった。

綾香は自分のプロフィールに年齢を三三歳と書いたが、それでよかったと思った。最近はやりの韓国風メイクをすれば、そのくらいにはごまかせる。いろいろと精神的にきついことがあったのでこの半年で五キロほど痩せたが、それも歳をごまかすにはかえって好都合だった。

武田が覚醒剤の使用で〝執行猶予中〟ということも、気にならなかった。むしろいまの自分と同じ境遇であることに、運命的なものを感じた。もちろん自分も〝執行猶予中〟であることは、しばらく隠しておくけれども。

コメントに、彼はこんな風に書いてきていた。


〈――はじめまして。

元平成騎士道の武田正也と申します。

貴女の「どこか遠くに連れ出してくれる人を待ってます」という言葉にいまの私と同じ心の鏡のようなものを感じ、ニュース等で知っていることと思います。

私のことは、すでにニュース等で知っていることと思います。こんな私でよろしければ返信ください。

二人で鎖を断ち切り、どこか遠くに旅をしましょう。

武田正也――〉

文面を読む度に、綾香は胸が高鳴った。

この人とならば、どんなセックスをしてもかまわない……。

綾香はすぐに返信した。すると今度は、写真入りのメールが送られてきた。

どこかのビルの屋上で撮ったのか、金網に手を掛けた男の上半身の斜め後ろ姿が写っている。前方に、新宿副都心の高層ビル群。逆光気味の写真なのでよくわからなかったが、そこに写っている男は確かに武田正也であるように見えた。

〈――いまは立場上、このような写真しか送れなくてすみません。芸能界にいたころとは、かなりイメージも変わったと思います。でも、一日も早く貴女に会いたい――〉

写真には、そんなコメントが付いていた。

綾香も武田に会いたくてたまらなかった。こうなったら、一日も早くその腕に抱かれたかった。

その日、綾香は使っている母親名義の携帯料金払いで買い物をした。アマゾンで探した白いワンピースとサンダル、ちょっとセクシーな下着のセット。その翌日にはこのあたりで一番評判のいい美容院を予約して髪を少し切り、目立ちはじめた白髪を染めた。

そして二日後――。

綾香は朝から蟬の鳴く暑い日に、武田正也と会うことになった。

出掛けに母親につかまり、こんなやり取りがあった。

「綾香、どこに行くの。そんな格好をして……」

「いいじゃない。私だってたまにはお洒落したいわ。友達に会ってくる」

「そんなこといったって……。あなた執行猶予中なのよ……」

「うるさいわね。私だってこんな家にずっといたら、息が詰まるわ。夜には帰るから……」

綾香は母親を振り切り、家を出た。

だが、自分が嘘をついていることはわかっていた。

きっと、今夜は遅くなる。もしかしたら、帰らないかもしれない……。

死んだ翔太のことを反省する気持ちなど、これっぽちもなかった。

武田正也が指定したのは〝人に見られない場所〟だった。

東京都慰霊堂――。

大正一二年（一九二三年）九月一日に発生した関東大震災の被害者五万八〇〇〇柱の遺骨を納めるために、震災の七年後（昭和五年）に現在の墨田区の陸軍被服廠《ひふくしょう》跡に建設された霊堂である。昭和二三年には東京大空襲の身元不明の被害者も合祀し、現在は一六万三〇〇〇柱の遺骨が納骨されている。

綾香は東京にこのような慰霊堂があることを初めて知った。そこに一〇万人以上の遺骨が納骨されていることも、数万人の子供たちの霊が眠っていることも知らなかった。ただ武田にいわれたとおりにスマホでアクセスを調べ、都営大江戸線の両国駅で降りて、慰霊堂まで歩いた。

都立横網町公園は、まるで都会の真中に突然、出現した異次元の空白のような場所だった。あたりに異様な霊気が漂うせいか、真夏の午後だというのに人は誰もいない。ただ、周囲の樹木の梢の中で、アブラゼミが狂ったように鳴き続けていた。

公園の広場の真中に、銅板葺の緑青《ろくしよう》に染まった屋根の本堂が、紺碧の夏空につくねんと聳えていた。

綾香は本堂から見て、斜め左正面にある木陰のベンチに座った。ここが、約束の場所だった。

でも、武田は、なぜこんな場所を指定したのだろう……。

しかし考えてみたら、当然なのかもしれない。

彼は、有名人なのだから。いくら芸能界から追放されたとはいっても、街中で女を連れて歩いているところを見られたら大騒ぎになってしまう。

綾香はその有名人の武田正也とこれから二人だけで会うことに、優越感をくすぐられた。それに、以前週刊誌の記事か何かで、彼は両国のマンションに住んでいると読んだことがあるような気がした。

もしかしたら彼は、私を自分の部屋に連れていくつもりなのかも。そこで二人っきりになったら……。
そう考えたら、体の芯が濡れた。
綾香はベンチに座り、蟬の声を聞きながら、武田正也が来るのを待った。
だが、周囲には誰もいない。木陰で鳩が何羽か、羽を休めているだけだ。
暑かった。間もなく、約束の二時になる。
彼は本当に、来るのかしら……。
ぼんやりと考え事をしながら鳩を数えていたら、いつの間にか頭の中に童歌が聞こえてきた。
――かごめ　かごめ
かごのなかのとりは
いついつでやる
よあけのばんに
つるとかめがすべった
うしろのしょうめんだーれ――。
同じ歌が、何度も繰り返されて止まらない。
「後ろの……正面……誰ーれ……」
その時、背後で突然、男の声が聞こえた。

「モリモトアヤカさんですね」

綾香は本名を呼ばれ、我に返った。振り返る。そこにサングラスを掛けた男が立っていた。

「武田……さん……」

いえ……待って……。この人は……。

そう思った次の瞬間、男の手の中の〝何か〟に真夏の太陽が反射した。

「えっ……？」

綾香の喉に鋭い痛みが疾り、そのままベンチの上に崩れ落ちた。

白いワンピースが、喉から流れ出す血で赤く染まった。木陰から鳩が飛び立ち、蟬の声が止んだ。

――かごめ……かごめ――。

綾香の意識も、遮断された。

ロンホワンは手にしていたナイフを女の体の上に置き、踵を返した。公園を出て、雑踏の中に消えた。

7

「ねえ……。どうして今回は、銃を使わなかったの……?」

ロンホワンの腕の中で、裸の亜沙美が訊いた。

「うん……。いろいろ考えたんだ。昼間、いくら近くに人がいなくても、銃声が聞こえれば誰かに気付かれるかもしれないし。今回はナイフの方が安全だと思ったから……」

でも、本当は、昔の恋人のイアンナのことがあったからだった。

一度は銃で殺そうと思った。殺せると思った。

だが、あの森本綾香という〝標的〟を銃で撃てば、またイアンナの霊が心の中に生き返るような気がした。

ロシアには、こんな諺がある。

――悲しみは海ではないから、すっかり飲み干せる――。

だが、長い年月を経ても、飲み干せない悲しみもある……。

「ところで、クライアントからは何かいってきたの? 〝仕事〟が終わったことは報告したんでしょう?」

ロンホワンが訊いた。

「ええ、〝仕事〟が終わった日の夜にメールで報告したわ。それで、昨夜、返信があった。見る？」

亜沙美がそういってスマホのメールを開き、ロンホワンに見せた。

〈――水鳥川様。
注文の件。一昨日の新聞、その他の報道にて確認いたしました。
完璧な内容に、満足しております。ありがとうございました。また何かありましたら、よろしくお願いします。
サンソン――〉

名前はやはり〝サンソン〟になっていた。日付は八月三日の二一時二四分。ロンホワンが〝仕事〟を遂行した二日後の夜だ。あれから各局のメディアがかなり森本綾香の死について騒ぎ立てていたので、〈――新聞、その他の報道にて確認――〉の部分は頷ける。だが……。

「ねえ、亜沙美……。この〝また何かありましたら〟って、どういう意味だろう……」

普通ならば、こんな〝仕事〟をまた依頼するようなことは考えたくもないだろう。

「そうかしら……。この人のただの文章のクセなのだと思うけども……」

亜沙美はそういうが、ロンホワンはどこか違和感のようなものを覚えた。

今回の〝仕事〟のクライアントの〝サンソン〟は、本当に森本綾香の前の夫の江藤真樹だったのだろうか……。

嫌な予感がした。

「亜沙美、テレビつけてみて」

「どうして？」

「いいから。いま、午後のワイドショーをやってるでしょう？」

「わかった……」

亜沙美が裸のままベッドから体を伸ばし、テーブルの上のリモコンを取った。スイッチを入れる。局を選択すると、いつものワイドショーの目の大きな関西弁の司会者の顔が映し出された。

番組はコロナウイルス第七波の拡大、七月に起きた元首相暗殺事件の続報、カルト教団問題……。

三日前に起きた森本綾香殺害事件に関しては、途中のニュースコーナーで触れた。

——近くの防犯カメラに犯人らしき男の姿が映っていたが、捜査は進展していない。また被害者は、殺害される当日まで、出会い系サイトを通じて某有名タレントを名告る人物と連絡を取り合っていたことがわかっている——。

さらに女性アナウンサーは、次のニュースを読み上げた。

——その事件に関係があるのかはわかりませんが、八月二日深夜、亡くなった森本綾香さんの元夫の江藤真樹さんが東京都稲城市の自宅マンションで死亡しているのを江藤さんの知人が発見しました。死亡推定時刻が森本さんの殺害事件が起きたおよそ半日後であることから、警察は事件と自殺の両面で調べています——。

ロンホワンと亜沙美は、顔を見合わせた。

森本綾香が殺された半日後に、元夫の江藤真樹も死んでいた……。

「ちょっと待って。江藤真樹が死んだのは、三日前の深夜よね。だとしたら、昨日の夜に来た依頼人のメールは……」

亜沙美がスマホを手にし、もう一度、依頼人からのメールを開けた。

「そうだね。そのメールが来た二日前に、江藤という人は死んでいたことになるね」

「じゃあ、〝依頼人〟は江藤真樹じゃなかったの?」

「そういうことになるね……」

真夏の午後の、怪談のような出来事だった。

8

〝サンソン〟は少し早い夏休みを取っていた。

この日は伊豆高原の別荘でのんびりした時間を過ごしながら、ぼんやりとテレビを眺めていた。

ちょうど、午後のワイドショーでニュースをやっていた。

ほう……江藤真樹が死んだのか……。
自殺だとしたら、あの男には可哀想なことをした。だが、もしそうだとしても、森本綾香があのような死に方をしたことを知って、もうこの世に思い残すことはなくなったということなのだろう。そう思いたい。

ああするしか、方法はなかったのだ……。

現在の日本の裁判制度には、明らかな限界がある。日本の司法は、女性に甘い。その典型的な例が、〝痴漢裁判〟だ。確かに痴漢は重罪だが、もし冤罪であったとしても、疑いを掛けられたら被疑者（男）側はまず起訴から逃れることはできない。これは被害者側の証言が、第一の〝絶対的証拠〟として重視されるからだ。

裁判になれば、被告にはさらに悲惨な運命が待っている。

日本の司法は〝疑わしきは罰せず〟が原則だが、痴漢だけは別だ。いくら被疑者が無罪を主張しても、〝疑わしきは罰せよ〟という不文律が待っている。だから痴漢の疑いを掛けられて起訴されれば、事実の如何を問わず、被疑者は九九パーセント有罪になると覚悟した方がいい。だから次から次へと、痴漢冤罪が生まれる。

今回のようなネグレクトなどの児童虐待も、逆の意味で構造は同じだ。もし子供が死んでも重罪に問われるのは父親（男）の方で、母親の罪はだいたい軽い。

特に、森本綾香のような女の場合には、その傾向が強い。

彼女は児童虐待死の被疑者としては、比較的若く、美人だった。つまり、第一印象が良かった。

単純なことだが、これは重要なことだ。男女の性別や裁判に限らず、第一印象の良い者が社会で得をするのは、人類の有史以来の普遍の真理だ。

しかも彼女は嘘が上手く、自分を可哀想な女に見せる術に長けていた。さらに彼女は、その自分の特質を十分に理解していた。だから彼女は、裁判員裁判をうまく利用したのだ。

元来、日本の裁判員制度は、重大事件の裁判に適用される。この日本の司法制度が、森本綾香には有利に働いた。

彼女は、わかっていたのだ。自分の魅力と特質をもってすれば、素人の裁判員を欺くことは簡単であることを。そして思惑どおり最後まで嘘をつき通し、見事に執行猶予付きの判決を勝ち取った。

だが、あの判決は間違っていた。

子供の虐待を主導したのは、先に懲役七年の実刑が決まった愛人の男の方ではなかった。むしろ率先して手を下したのは、母親の森本綾香の方だったのだ。だが、その作り話を、六人の裁判員たちは最後まで見抜けなかった。

本来ならば、森本綾香は法律上最も重い禁固刑に処されるべきだった。最短でも禁固一二年から一三年。いや、実の母親が自分の子供を殺したのだから、道義的には〝死刑〟であってしかるべきだ。

だが、それができないことが、法治国家である日本の司法の欠陥だった……。もしこれ以上の正義を望むならば、神の裁きが必要だ。だとすれば、〝私〟がその神になるしかなかった。そういうことだ。

表から車のエンジン音が聞こえてきた。その音が、家の前で止まった。

〝サンソン〟はソファーを立ち、カーテンの隙間から外を見た。

駐車場に、白いミニバンが一台。そのドアが開き、何人かの人が降りてきた。どうやら〝彼ら〟が、戻ってきたようだ。

〝サンソン〟はリモコンでテレビを消して、玄関に向かった。

ドアが開き、妻と、買い物袋を両手に提げた息子夫婦が入ってきた。

その間から抜けるように、孫の正太《しようた》が飛び出してきた。

正太はクロックスのサンダルを脱ぎ捨てて玄関を駆け上がり、〝サンソン〟に飛びついた。

「ジイジ、ただいま!」

「ああ、正太。お帰り。プールと買い物は楽しかったか」

〝サンソン〟は、この夏に五歳になったばかりの孫の正太の小さな体を受け止め、抱き上げた。

後ろでは正太の母親、息子の嫁の裕子《ゆうこ》が、優しげな笑顔で正太を見守っている。

そうだ——。

この世に孫ほど可愛いものはない。正太のような子供ほど、大切なものはない。子供は、愛されるべきだ。何ものにも代え難く、慈しまれるべきだ。子供は、社会の宝なのだ。

もし子供を虐待する者があれば、これからも私の手で罰しよう。時と場合によっては、この手で処刑してもいい。

だから私は、森本綾香という女に執行猶予付きの判決を下すことにした。そして、あえて、世間に泳がした。もしあの女を収監してしまえば、この手で処刑することができなくなるからだ。

「さあ、正太。たくさん遊んだなら、今度はジイジと少しお昼寝しような」

「うん……。ジイジと寝る……」

正太が腕の中で、輝くように笑った。

〝サンソン〟――東京地裁の裁判官・小野田俊男――は孫を愛おしげに抱きながら、寝室に向かった。

第四話　性の堕天使に血の報酬を

1

木枯らしの吹く夜の街を、女が走っていた。

女は、まだ若い。化粧はしているが、ほとんど全裸だった。

誰か助けて……。

商店街からアーケードの人通りを横切り、路地に飛び込む。

背後を振り返る。奴らが、追ってきている。

捕まったら、殺される……。

路地を抜け、赤提灯が灯る飲み屋街に出た。

ここは、さっきも通ったような気がする。街はまるで迷路のようで、方向感覚がわからない。

お願いだから、誰か助けて……。

だが、通りすがりの人々は、誰も女に声を掛けようとしない。ただ振り返り、全裸で走る女を物珍しそうに見るだけだ。中には笑いながら、指笛を鳴らす奴もいる。

どうして誰も、助けてくれないの……。

飲み屋街を途中まで来たところで、前方に男四人の姿が見えた。

奴らだ。先回りされた。こちらを指さして走ってくる。

女はサンタクロースの衣装を着た居酒屋の呼び込みにぶつかって止まった。全裸の女に抱きつかれた若い男は、白い髭の中でぽかんと口を開けている。

女は踵を返し、飲み屋街を逆に走った。目の前の、右手の路地に飛び込む。すぐ先の路地を、左へ。血だらけの素足で冷たい水溜りの中を走りながら、どこか隠れる場所を探した。

路地の両側には、古いスナックの看板が並んでいる。どの店の看板も明かりが灯っていない。

だが、たったひとつだけ、小さなバーの看板が灯っていた。

『BAR牛鬼《ぎゅうき》』——。

変な名前……でも、もう走れない……。

そう思った瞬間に、女は重い木のドアを引いてそのバーに飛び込んだ。

「お願い、助けて……」

だが、そういった瞬間に、女は息を呑んだ。

暗い洞窟のような空間に、無数の蠟燭の火が浮かんでいた。

右手に、まるで魔物を解体するための俎板のようなカウンターがひとつ。だが、客は一人もいない。

カウンターの中には、牛鬼そのものの大男が一人、手に長い血だらけの牛刀を握って立っていた。その大男が髭の中に埋もれた目玉で、女をぎょろりと睨んだ。

もしかしたら、さっきの状況よりもまずいかも……。

女は素っ裸のまま、その場にへたり込んだ。

男が二人、走っていた。

一人は金と黒の総花柄のキューバシャツに黒いレザージャケット。もう一人は赤いサテンのスタジャンに、ニット帽。どちらも胸元で、太い金鎖が揺れている。

「こっちだ！」

二人の男は路地から路地を曲がった。だが、その路地に裸の女の姿はない。

しばらくすると前方からも、同じような服装の男が二人、走ってきた。全員、手の甲や頸にまでタトゥーが見え隠れしている。

路地の中央あたりまで来たところで、四人の男が出喰わした。

「美咲《みさき》はどうした！」

「いや、こっちは見なかったです」

「確かにこの路地に追い込んだはずだぞ!」

「あのアマ、撮影の間にズラかりやがって。どこに消えやがった……」

その時、路地に立つ四人の男たちの目の前に、小さなバーの看板に明かりが灯っているのが見えた。

『BAR牛鬼』――。

「まさか、ここか……?」

四人の中の一人、砂川龍司《すながわりゅうじ》という男がいった。

「でもここ、牛鬼のオヤジの店じゃないすか。あのオヤジ、ヤバイって聞いてますけどね……」

若い田代《たしろ》という男が、息を切らしながら周囲を見渡す。

「どうする? 他に、隠れるような場所はないぜ」

小菅《こすげ》という太った男がそういって道に痰を吐いた。横で、スキンヘッドの新井《あらい》という男が頷く。

「かまうことねえ。金を払って酒を飲むなら、客だろう。入ろうぜ」

砂川が店に歩みより、厚い木のドアを引いた。

暗い店内に入ると、カウンターの中で相撲取りのような体をした初老の男が大きな目で睨んだ。

「いらっしゃい……」

六人しか座れない小さなカウンターに、二人掛けの小さなテーブル席がひとつ。店内にはこけおどしのように無数の蠟燭が灯っている。カウンターの上の燭台に使われている髑髏は、どうせ偽物だろう。

「四人だ。ビールをくれ」

砂川と、あとの二人がカウンターに座る。

目配せを送られた田代が三人の後ろを抜け、奥の便所のドアを開けた。中には誰もいないというように首を横に振り、カウンターに戻ってきて隅の席に座った。

店主の男はただ黙ってカウンターの中で四つのグラスに生ビールを注いでいる。

〝牛鬼〟のマスターといえばこの界隈で少しは知られた男だが、所詮はその程度か……。

「うちは前金なんだ。一杯二〇〇〇円、四杯で八〇〇〇円……」

牛鬼がカウンターの上に生ビールのグラスを四つ、置いた。

砂川はビール一杯二〇〇〇円と聞いて、カチンときた。だが、いまは仕方ない。

長財布から一万円札を出してカウンターに置き、ビールに口を付けた。

「ところでマスター、ちょっと聞きたいことがあるんだけどな。おれたちがここに来る前に、この店に若い女が一人、入ってこなかったか?」

「女って、どんな女ですか?」

牛鬼が、とぼけたように訊いた。

「素っ裸の若い女だよ。AV女優の、工藤《くどう》美咲だ。撮影の途中で現場からズラかりやがってね……」

砂川がいうと、牛鬼が口を歪めて笑った。

「素っ裸の若い女ですか。そんなに運のいいことがあったら、おれがもう喰っちまってますよ」

砂川も笑った。

「それじゃあマスター、そのカウンターの中を見せてもらっていいかな」

この狭い店の中には、女が隠れられるような場所は他にない。

「お客さん、見るのはかまわないが、ここはバーテンのおれの聖域だ。それなりの〝ツケ〟は覚悟してもらいますよ」

牛鬼がカウンターの中で四人に睨みを利かせた。

「何だ、この野郎……」

スキンヘッドの新井が、カウンターの上に体を乗り出した。

「やめろ」

砂川が手を出して、それを止めた。

牛鬼は二人のやり取りを無視するように、砥石で包丁を研ぎはじめた。

「どうやら、美咲はここにいないようだ。ビールを飲んじまえ」

砂川がいった。

四人はグラスを空け、店を出た。

牛鬼は男たちがいなくなると、カウンターを出て外の様子を窺った。

誰もいない。看板の明かりを消して、ドアに鍵を掛けた。

「もう、だいじょうぶだ。出てきていいぞ」

牛鬼がそういって、カウンターの天板を持ち上げた。

天板の下が、空洞になっていた。中から、裸の女が起き上がった。

「ふう……。狭くて、窮屈だった……」

女が、息を吐いた。

「お前、AV女優なんだって?」

「そう……。撮影で殺されるかと思って、逃げてきたの……」

「まあ、どっちにしろ裸でいられるのも目障りだ。これを着てな」

牛鬼が自分のM―51アーミーコートを投げた。フィッシュテールの長いコートなので、小柄な女が着れば中は裸でも十分だ。

「ちょっと、トイレ借りますね」

「ああ、その奥だ。使ってくれ」

「ありがとう……」

女がコートを羽織り、トイレの中に消えた。

工藤美咲は便器に座り、膣の中に指を入れた。

コンドームに入った鍵を取り出し、便器の水洗タンクの蓋をずらして中に沈めた。

ふぅ……と息を吐き、用を足した。

2

水鳥川亜沙美は、師走の繁華街を歩いていた。

夜遅くなっても、酔客の行き来が絶えない。街にはジングルベルが流れ、アーケードのクリスマスの飾りつけが冷たい風に揺れていた。その風に飲み屋街の方から焼き鳥の匂いが漂ってきて、ぐぅ……と腹が鳴った。

亜沙美は黒いコートの襟を立て、背中を丸めた。

寒かった。お腹も減っていた。でも、お金がない……。

ロンホワンが最後に〝仕事〟をしてから、もう五カ月も収入がなかった。間もなくクリスマスだというのに、お正月どころか、このままだとアパートの今月の家賃も払えなくなる。まあ、〝殺し屋〟などという稼業はそれほど需要がある訳ではないので、仕方ないのだけれども……。

本当は居酒屋にでも入って温かいものを食べたいけれど、財布の中には千円札が一枚と小銭しか入っていない。アパートに帰れば、確かカップ麺くらいはあったはずだ。ストーブの灯油は切れちゃってるけど、カセットコンロでお湯を沸かしてカップ麺を食べれば、少しは体も温まるだろう。

それにしても、この先どうしよう……。

ロンホワンには内緒で、またソープで働こうかな……。

そんなことを思っていたところで、コートのポケットの中でアイフォーンのバイブが作動した。

亜沙美は歩きながら、ラインをチェックした。ラインは、〝牛鬼〟という男からだった。

〈——いま、どこにいる？

近くなら、店に来ないか。どうやらあんたらの仕事が舞い込んできたらしい——〉

〝仕事〟が舞い込んできた……。

やった！

牛鬼はこのあたりの夜の街の、裏の顔役だ。二週間ほど前に店に出向いて挨拶をして、〝仕事〟を紹介してくれるように頼んだばかりだった。

亜沙美はすぐに返信を打った。

〈――いま近くにいます。これからすぐにお店に行きます――〉

亜沙美はアイフォーンを閉じ、ひとつ先の路地を右に曲がった。

『BAR牛鬼』の前に立つと、看板の明かりが消えていた。

ドアを叩く。

「亜沙美です……」

中で鍵を外す音がしてドアが開き、牛鬼の大きな顔がぬっ……と出てきた。周囲の様子を探り、亜沙美を招き入れ、またドアを閉めて鍵を掛けた。

「外で、半グレの四人組を見なかったか？」

牛鬼が訊いた。

「いえ、見ませんでした……」

亜沙美が店の奥に視線を向けると、カウンターにだぶだぶの米軍のコートを着た小柄な女が座っていた。髪を染めて韓国メイクをしているが、少女といってもいい歳ごろだ。

「あれが〝仕事〟の依頼人だ」

牛鬼がいうと、少女がぺこりと頭を下げた。

「あの子が？」

「そうだ。まあ、話を聞いてやってくれ」

亜沙美は仕方なくカウンターの少女の隣に座った。

コートの胸元から、白い乳房が見えている。足下を見ると小さな足は素足で、傷だらけだ。それだけで、この少女がコートの下は裸なのだということがわかった。

「あなた、名前は？」

亜沙美が少女に訊いた。

「工藤美咲……」

「美咲ちゃんね。いったい、何があったの？」

少女が頷く。

「私、AV女優なんです……。さっき、撮影現場から、逃げてきたの……」

「それで裸なのね。でも、どうして仕事中に逃げたりしたの？」

「約束が違うから……。もし逃げなかったら、私……三〇人くらいの男の人に〝やられて〟いたかも……」

美咲が、小さな声でいった。

砂川龍司は、仲間の新井、小菅、田代と共に路地の物陰に隠れていた。

五〇メートルほどの暗いシャッター通りの先に、『BAR牛鬼』のドアが見える。看板の明かりは灯っていない。だが、先程、黒いコートにワッチキャップを被った髪の長い女が一人、店に入っていった。

客なのか、それとも何らかの理由で牛鬼に呼ばれたのか……。

あれから間もなく一時間になろうとしている。だが、誰も店から出てこない。

あの店の出入り口は、ひとつだけだ。工藤美咲も、まだあの店の中にいるはずだ。

牛鬼という男と、黒いコートの女、それに美咲……。

いったい三人で、何をやってんだ……?

その時、店のドアがゆっくりと開いた。中から牛鬼が顔を出し、周囲の様子を探る。

後から、あの黒いコートの女も出てきた。二人共、砂川たちが見張っていることに気付いていない。

「あの野郎……」

スキンヘッドの新井が、物陰から出ていこうとした。

「待て。もう少し様子を見よう……」

砂川が、それを止めた。

するとその直後に、もう一人〝女〟が出てきた。米軍のコートに、白いマスク。足元は白い素足に、サンダルのようなものを突っ掛けているだけだ。

あれは、美咲か……???

牛鬼は店のドアに鍵を掛け、黒いコートの女と二人で飲み屋街の方に歩いていく。美咲は二人に手を振り、反対にこちらの方に向かって歩きだした。

牛鬼と黒いコートの女が、飲み屋街の角を曲がって消えた。美咲は周囲をきょろきょろと気にして歩きながら、砂川たちが隠れる物陰から一〇メートルほど手前の路地を左に曲がった。

「よし、いまだ。行くぞ。田代と小菅は反対側から回れ」

四人は二手に分かれ、物陰を出た。

砂川は新井と共に、駆けた。暗いシャッター街に、足音が響いた。

女が曲がった路地に、飛び込む。追手に気付いた美咲が振り向き、走った。上着の下から、裸の白い尻が見えた。

「美咲、待て！　逃げるな！」

砂川は、女を追った。女が、逃げる。路地の反対側から入ってきた田代と小菅が、行く手を塞いだ。

女が、立ち止まった。

砂川が女の上着の襟首を摑み、腕を締め上げた。

「痛い！　止めて！」

暗がりで、顔がわからない。だが、声が変だ。

砂川は女のマスクを剝ぎ取り、街灯の下で顔を確かめた。

美咲じゃない……。

「キャー！　助けてぇ！」

女が悲鳴を上げた。

「まずい、逃げろ！」

砂川は仲間と二手に分かれ、その場から逃げた。

亜沙美はふっ……と息を吐き、米軍のコートのポケットからアイフォーンを出した。

牛鬼に、電話を掛ける。

「亜沙美です。いま、終わりました。これからそちらに合流します」

電話を切って、暗い路地を歩き出した。

3

新宿区大久保二丁目の古いビルの屋上にあるコンテナハウス――。

ロンホワンは久し振りにご馳走を貪った。

テイクアウトの中華弁当の蟹爪のフライ、青椒肉絲、干焼蝦仁、焼売に油淋鶏。それを手当り次第に頬張り、冷えた青島《チンタオ》ビールで胃袋に流し込む。

中華料理を食べはじめると、止まらなくなる。だからロンホワンは、自分の体の中には中国人の血も流れているのかもしれないと、ふとそんなことを思うことがある。

「それで、その四人の男たちはどんな悪いことをしたの……？」

ひとしきり食べて腹が落ち着いたところで、ロンホワンは改めてタブレットに映し出された四人の男たちの写真に目をやった。

「だから、いったでしょう。その男たちは街の〝半グレ〟グループで、いまは裏AVで稼いで〝親組〟に上納金を入れている。そこにいる美咲ちゃんはAV女優で、その裏AVに出させられていた。でも、撮影中に酷いことをさせられそうになって、トイレに行くといって裸のまま逃げてきた……」

二人が自分のことを話しているのを知っているのかどうか。美咲は少し離れたソファーにニット一枚で膝を抱えて座り、スマホのイヤホンで音楽を聴きながら体を揺すっている。

「それで、牛鬼のやっているバーに逃げ込んだんだね」

ロンホワンも、牛鬼のことは亜沙美から話を聞いて知っていた。

「そう。まあ、それはたまたまだったんだけど……」

亜沙美も本人を目の前にして、どことなく話しづらそうだった。

「でも、彼女は元々AV女優だったんでしょう。それなのに、〝仕事〟の途中で撮影現場から逃げた。それなら、彼女が悪いようにも思うんだけど……」

ロンホワンが腕を組み、首を傾げた。

「そのことなら、私が説明します」

工藤美咲が、横から口を挟んだ。

耳からイヤホンを外して、大きな目でロンホワンを見つめている。やはり、音楽に夢中になっている振りをして、二人の話を聞いていたらしい。

ロンホワンはビールを飲み干し、美咲に向き直った。

「OK。本人から聞いた方が早いね。話してみて」

「はい……」

美咲は何から話そうか、迷っているようだった。だが、しばらくして、おもむろに話しはじめた。

「今年の六月に施行された〝AV新法〟というのは知っていますか。〝AV出演被害防止・救済法〟とかいうんですけれども……。本当は私たちAV女優の人権を守るための法律だったらしいんですけど、それができてから、かえって業界全体がめちゃくちゃなことになっちゃって……」

〝AV新法〟——。

正確には『性をめぐる個人の尊厳が重んぜられる社会の形成に資するために性行為映像制作物への出演に係る被害の防止を図り及び出演者の救済に資するための出演契約等に関する特則等に関する法律』という。

二〇二二年六月一五日に成立し、同二二日に公布。翌六月二三日に施行された現行法である。

この〝AV新法〟によって事業者への契約書の交付、契約内容の説明、出演者の安全の確保、契約終結から一カ月間の撮影の禁止、撮影終了から四カ月間の公表の禁止が義務化された。また出演者――AV女優――には意に反する性行為等の拒絶、公表前の映像の確認、公表から一年間の無条件の契約解除、解除をした場合の販売や配信の停止等の請求の権利が保障された。

「でも、国の法律で守られるんだったら、それは良いことなんじゃないの？」

ロンホワンが首を傾げる。

「今回の法改正に関しては、そうともいえないのよ……」

亜沙美がいった。

「そうなんです。今回のAV新法は、現場の私たちの意見をまったく無視した法律なんです……」

「無視、って？」

「私たちAV女優は、月に二本から三本、多い人は一〇本近く出演して生活してるんです。それが契約してから一カ月も撮影できなかったり、撮影してから四カ月も公開できなくなったらどうなると思いますか。今日、契約しても公開されるのは早くて五カ月後になるし、所属事務所からお金が入ってくるのはさらにその後になります。そうしたら私たちAV女優は全員、飢え死にしてしまいます……」

今回の法改正で、実は女優や男優などの出演者サイドも製作会社と同等以上の被害を受けることになった。とにかく決まっていた仕事はすべて中止。新たに契約したとしても作品になるのは数カ月は先になる。どうしようかと混乱しているうちにこれまで仕事をしていたプロダクションや製作会社が次々と倒産し、元からそれほど裕福ではなかったAV女優たちは路頭に迷うことになった。

「実際に私も、七月以降は一本も仕事が入っていなかったんです。収入はゼロ。元から貯金なんてなかったし、アパートの家賃も払えなくなっちゃって……」

「何で、そんな法律を作ったんだろう……」

ロンホワンが亜沙美の方を見て、首を傾げる。

「私にもよくわかりません。ある女性人権派だか何だかの女性議員が被害者救済だとかで議会に法案を提出して、ほとんど現場のヒアリングなしで法律ができちゃったって聞いています……」

与野党の超党派の議員が集まり、〝AV女優は全員被害者〟と決めつけ、たった二カ月という異例の早さで法案を成立させてしまった。

その混乱するAV業界を食い物にしたのが、ヤクザや半グレといった反社会勢力だった。彼らはこの混乱に乗じて、AV女優や男優といった出演者だけでなく、撮影スタッフなどの技術者も含めて裏社会の闇の中に引きずり込んでしまった。

美咲が話を続ける。

「最初は、アブナイと思ってたんです……。でも、あの砂川龍司という男に新しい〝仕事〟のことを持ち掛けられた時、どうしても断われなかったの……。予定していた撮影が全部キャンセルになって、どうしてもお金が欲しかったし……やることは一緒だと思ったし……」


「だけど、約束が違ったのね？」

亜沙美が訊いた。

美咲が頷く。


「そうなの……。最初はギャラも〝取っ払い〟（現金）でくれて、金額も悪くなかったから受けちゃったんですけど……」

最初は、ごく普通のAVの撮影とあまり変わらなかった。ただ、撮影現場は古いスナックのような店の中で、二人の男優とスタッフも見たことのない人たちだった。男優はみんな全身にタトゥーが入っていてちょっと怖かったけれど、ギャラは約束どおりその日に現金でくれた。完成した作品は見ていないけれど、中国やアメリカに売るのだと聞いていた。

様子がおかしくなったのは、八月の末ごろに撮影した二度目の仕事の時からだった。このころまでに美咲は、「大手メーカーの専属女優にしてやる……」という約束で、砂川龍司の〝オンナ〟にされていた。この条件も、仕事が欲しかったので、どうしても断われなかった。

だが、条件は一回目の時とかなり変わった。ギャラの支払いは翌月末で、前回の作品の実入りが悪かったという理由で金額も二割削られた。

撮影の内容も、きつくなった。男優は、五人。しかも、これまでのAVでは経験したことがないような酷いこともやらされた。しかも撮影が終わると砂川の部屋で〝打ち上げ〟と称する集まりがあり、無理矢理酒を飲まされ、仲間の小菅や新井、若い田代をはじめ、他のスタッフたちの相手までさせられた。

「それじゃあ、売春婦みたいだし……。私はAV女優だけど、それでもプライドがあるし……」

美咲が膝を抱えて、涙ぐむ。

「どうしてその時に、やめなかったの?」

亜沙美が訊いた。

「だって、無理だもん……。砂川には怖くて逆らえないし、次の仕事をやらないとお金ももらえないし……」

約束の九月末になっても二度目の仕事のギャラをもらえなかったので、美咲は砂川に会ってその話をした。

すると砂川は、「もう一本仕事をやったら、その撮影の日に払う……」という条件を出した。生きていくために、受けるしかなかった。それが一〇月の半ばごろ、三度目の仕事だった。

確かにお金はもらえたが、酷い撮影だった。車で山中湖の近くの山荘のような所に連れて行かれ、七人の男優を相手にさせられた。

男優とはいっても素人のただの半グレの男たちなので、AVのルールなんてあったもんじゃない。泣いても拒絶しても、ＭＤＭＡのような薬を無理に飲まされて、容赦なくやられた。

　途中で何度か、死ぬかと思った。結局、撮影は、丸二日間も続いた。帰りに車で新宿駅に捨てられた時には、体も心もぼろぼろだった。それでもギャラは約束の半分しかもらえなかった。

「それでも、四回目の仕事を引き受けたんでしょう？」

　今度は、ロンホワンが訊いた。

「うん……」

　美咲が俯く。

「どうして？」

「あんな思いをしたけど、四度目の仕事を受けないと前の仕事の残金をもらえなかったし……。それに仕事をしないと、砂川たちにリンチされて殺されるし……」

「なぜ殺されると思ったの？」

　ロンホワンが訊くと、美咲はしばらく黙ったまま考えていた。そして、いった。

「友だちが、死んだの……。同じＡＶ女優の、園部《そのべ》リリカっていう子……。部屋で死体が見つかったんだけど、その子も砂川のところでＡＶやってたし、もう嫌だから抜けたいっていってたし……。たぶん、撮影中に死んだんだと思う……」

　ロンホワンの横で、亜沙美がすぐにスマホで検索した。

「あるわね……。一一月の末あたりのツイッターや何かに、〝園部リリカが死んだらしい〟という書き込みがかなりある……。薬のオーバードーズじゃないかって……」

美咲が頷く。

「そう……。でも彼女は、薬なんかやる子じゃなかったし……。絶対に、奴らに殺されたんだと思う……」

「それで、撮影現場から逃げたんだね」

ロンホワンがいった。

「うん……。またMDMAみたいの飲めっていわれたし。今度は男優に半グレ仲間や外国人を三〇人くらい集めてたし……。私、絶対に殺されると思った……。だからトイレに行くっていって、裸のまま逃げたの……」

美咲が、手で涙を拭った。

「確か美咲ちゃんの故郷は長野県だっていったわよね。実家に帰って両親に匿ってもらったら？」

亜沙美がいった。

「だめ……。私の両親は離婚してるし、お父さんもお母さんももう別の人と再婚してるし……。保証人の名前が必要だからとかいって、砂川に両親の連絡先を教えちゃったから、もう手配が回ってるかもしれないし……。それに、逃げたり警察にいったら殺すっていわれてたし、ソープに売られた子もいるし……。捕まったらどうなるかわかってる

「……」

「それじゃあやっぱり、〝殺られる〟前に〝殺る〟しかないわけだね……」

ロンホワンが溜息をついた。

美咲が涙を拭いながら頷く。

「私たちはいままで真面目にAVやってきたのに、自分勝手な政治家が変な法律作ったからって、どうしてこんな目にあうんだろう……」

ぽつりと、いった。

4

ロンホワンの住む大久保二丁目の廃ビルから中野区弥生町二丁目までは、裏道を歩いても一時間ほどの距離だった。

電車やバスに乗るとそれだけ解像度の高い防犯カメラに足跡を残すことになるので、交通機関はできるだけ使いたくない。

街はすでに黄昏の光に包まれていた。待ち合わせた稲荷神社の境内でしばらく待つと、地下鉄を中野新橋駅で降りた亜沙美が合流した。こうして二人一緒に行動する時間を少なくするのも、できるだけ痕跡を残さないためだ。

スマホの画面を見ながら歩く亜沙美と少し距離を置いて、後についていった。

神社から少し大きな通りに出て、歩道を南へと向かう。道の両側にはマンションや自転車屋、アスレチックジムや本屋、洋食屋、コンビニなどが並び、夕暮時の車道にはライトを点灯した車がひっきりなしに行き来していた。

コンビニを過ぎたところで、亜沙美は細い道を左に折れた。前方に、古い病院と宅配の寿司屋の看板の明かりが灯っていた。その看板を通り過ぎて、しばらく行った所で亜沙美が足を止めた。

亜沙美が振り返り、左手の二階建ての建物を指さした。そして何くわぬ様子で、その前を通り過ぎる。

後からロンホワンも、その建物の前で立ち止まった。

古い建物だ。おそらく、建ってから四〇年は経っているだろう。

一階はスナックだったらしいが、いまはシャッターが閉まっている。建物の右側には階段があり、二階に通じていた。見上げるとスモークフィルムが貼られた窓に『五頭《ご ず》龍会《りゆうかい》』という看板が出ていた。

それが〝奴ら〟の組織名だ。最初は五人の仲間で組織を立ち上げたらしいが、どのような理由か一人欠けて——死んで？——いまは四人で事務所を運営している。

会長は、暴走族上がりの砂川龍司。他にスキンヘッドの新井、デブの小菅、若い田代というメンバーがいるらしい。

『五頭龍会』のシノギは闇金だが、他にマッチングアプリの運営や、デートクラブも手掛けている。最近は闇AVの撮影と配信にも手を出し、闇金で借りた金を返せなくなった女やAV女優を地方のソープに売り飛ばす他、麻薬の売買に手を出しているという噂もある。

建物の間口は狭いが、奥行きは深い。事務所に何度か入ったことがある美咲は、「中はかなり広く部屋がいくつかあり、複雑な間取りになっている……」といっていた。入口は外階段からの一カ所だけだが、中に一階のスナックに下りる内階段があるらしい。もしかしたら、階下にも建物の外に出られる裏口のようなものがあるのかもしれない。

建物の裏に回ってみようかと思った時に、背後で人の気配を感じた。黒いダウンパーカーを着たスキンヘッドの男が、こちらに歩いてくる。おそらく、新井という男だろう。

事務所の前に立っているロンホワンを怪訝そうに見ながら、外階段を上ろうとしたところで足を止めた。

ロンホワンはさりげなく踵を返し、亜沙美の後を追った。

一時間後――。

ロンホワンと亜沙美は大久保の行きつけの焼肉屋でコリアン・バーベキューを楽しんでいた。

この世に炭火で焼いた上等の牛肉ほど美味いものはない。

「ねぇ、ロンホワン……」

亜沙美がホルモンを食べながらいった。

「何……?」

ロンホワンも上ハラミを頬張りながら、息を吐く。

「今回の〝仕事〟、本当に受けるつもりなの……」

亜沙美が訊いた。

「うん……。だってもう前金で一〇万円もらっちゃったし……。それも、こうして使っちゃってるし……」

ロンホワンが次の肉をタレにたっぷりと浸して口に頬張り、それを、冷たい生ビールで胃に流し込んだ。

「だって、七〇万円だよ……。残りはいつ払えるかわからないっていうし、四人も〝殺る〟のにいくらなんでも安すぎるよ……」

確かに、〝殺し屋〟の〝仕事〟としてはいくら何でも安すぎる。

「わかってるよ……。でも、亜沙美が持ってきた〝仕事〟だぜ……」

「それはそうだけども……」

「ぼくたちはいまお金がないんだから、仕方ないよ……。この〝仕事〟を受けなければこうしてご飯も食べられないし、年末の家賃を払えないんだから……」

ロンホワンが顔見知りのおばちゃんに肉の追加とスンドゥブチゲを注文し、皿に残ったハラミをすべて炭火の網の上に乗せた。

「……わかってるんだけどさ……。でも私どこかあの美咲っていう子、信じられないんだよね……」

亜沙美が肉を焼きながら首を傾げ、溜息をつく。

「……どうしてさ……。あの子はあんな仕事をしてるけど、けっこう純真なんだよ……。だから、今回は特別なんだ……。あの子を、助けてあげないと……」

「……純真か……。本当に、そうだといいんだけどね……。でも、いま時そんな女なんていないと思うよ……」

亜沙美がそういって、また溜息をついた。

「それに、奴らはドラッグで女を殺した。そういう奴らは、許せない……」

「そうだったね……。ロンホワンのお母さんは、麻薬で殺されたんだったね……」

肉の追加が来た。

ロンホワンと亜沙美は肉を熱い炭火の上に並べ、二人でそれを黙々と食べた。

しばらくして、亜沙美がいった。

「どこで〝殺る〟つもりなの？　今日の、あの事務所……？」

「うん、そのつもりだけど……」

ロンホワンがスンドゥブをすすりながら続けた。

「でも、ちょっと問題がある……」

「どんな問題？」

「奴らのアジト、中がけっこう広いと思うんだ……。彼女は、二階には部屋がいくつかあって迷路みたいだっていってたし、他の出口から逃げられるようになっているかもしれないし……。それに、いつあの事務所に四人が一緒にいるのか、それもわからないしね……」

「わかった……。それじゃあ、あの事務所の中のことと、いつ四人があそこにいるのかは私が調べる……」

「どうやって調べるの？」

ロンホワンが訊いた。

「さっきネットで調べたら、あいつらAV女優を募集してたわ。私、明日、応募してみるわ……」

「亜沙美がAVに出るの？　そんなの、ダメだよ……」

「だいじょうぶよ。私、美咲ちゃんほど純情じゃないし、ソープにいたことだってあるし……。それに、ピル飲んでるから妊娠もしないしね……。私にも、そのスンドゥブちょうだい」

亜沙美はロンホワンからスンドゥブを取り上げ、上目遣いに見つめながら、美味しそうにすすった。

5

ドアを開けたら、黒いコートを着た髪の長い女が立っていた。

「はい、何かご用でしょうか……」

その女があまりにも美人だったので、スキンヘッドの新井は柄にもなく言葉遣いが丁寧になった。

「先程、AV女優募集の件で電話をした西野《にしの》ですけど……」

確かに女から電話があったことは、若い田代から聞いていた。だが、まさかこんなにいい女が来るとは思ってもみなかった……。

「どうぞ……。入ってください……。面接しますから……」

「はい、失礼しまぁ～す」

どこかで見た顔だと思っているうちに、女がブーツを脱いで事務所に上がってきた。つい先日、美咲を追っている時に人違いで押さえつけた女だとは思いもしなかった。

この時、事務所には新井の他に若い田代がいた。女は古いソファーに座り、申し込み用紙に書き込みながら、雑然とした室内を物珍しそうに見渡している。

「おい、砂川さんと小菅に連絡するんだ。AVの件で、すごい上玉が舞い込んできたってな。これから〝面接〟やるから、来てくれといえ……」

新井は田代に耳打ちをし、女が書き上げた申し込み用紙に目を通した。
○名前――西野加奈美《かなみ》
○年齢――二六歳
○職業――主婦
○応募した理由――セックスが好きだから
○撮影で無理なこと――いわれたら何でもやります
「面白い部屋……。ここで、撮影もやるんですか……」

女がソファーから立ち、事務所の中を見て回っている。

「うん、この事務所で撮ることもありますよ。田代、奥の部屋を案内してやれ」

「はい……」

女が田代に連れられて、部屋を出ていった。

「ふぅ……」

新井は息をつき、スマホを手にして砂川にラインを入れた。

「レトロで面白い部屋……、まるで、迷路みたい……」

亜沙美は部屋を見て歩く振りをしながら、建物の間取りを記憶していった。

東京に来る前は博多の中洲でシャブ漬けにされて、ソープに沈められていた。だが、
亜沙美は元々、福岡の西日本工業大学で建築学を専攻していた女子大生だった。

「昔、この建物の一階はスナックで、二階は芸者の置屋だったらしいっすよ……」

田代という若い男が、説明しながら後ろからついてくる。

「それで、部屋が小さく仕切られてるのね……。あの壁の後ろは、何……？」

「ああ、トイレとシャワールームだよ……」

「ここの階段から、一階に下りられるのね。下は、どうなってるの……？」

「下は、今は使ってないんだ。古いスナックと空き部屋……その他は倉庫みたいになってる……」

「下にも出口があるの？」

「ああ、店の正面と、裏の倉庫にもあるよ。正面と倉庫の方はシャッターが下りて鍵が掛かってるから、いま出入りできるのはスナックの勝手口だけかな……。何でそんなこと聞くんだよ……」

「うん、ちょっと……。私、前に建築科の学生だったから、興味があるだけ……」

亜沙美はそういいながら、一番奥のカーテンで仕切られている部屋を覗いた。

他の部屋よりも、広い。一〇畳くらいはあるだろうか。

窓はすべて、暗幕で被われている。家具はダブルベッドと、安物のソファーがひとつ。周囲には撮影用のライトスタンドが立てられ、テーブルの上に撮影用のカメラが一台、置いてある。

「この部屋は、何に使うの……？」

亜沙美がダブルベッドに座り、訊いた。

「わかるだろう。撮影するんだよ……」

田代が撮影用カメラを手にし、バッテリーをチェックした。

その時、事務所のドアが開く気配がした。誰かが、来たらしい。

部屋の外から、男たちの話し声が聞こえてきた。二人……いや、三人……。

古い廊下を歩く足音が近付いてきて、部屋のカーテンが開いた。

砂川……新井……小菅……。

三人がカメラを手にした田代と一緒に、ベッドに座る亜沙美を囲むように並んだ。

「ほう……。この女、なかなかイケてるじゃねぇか……」

砂川が、デブの小菅と顔を見合わせて笑った。

「じゃあ加奈美さん、これからカメラテストするから、脱いでもらえるかな」

スキンヘッドの新井がいった。

「全部、ですか?」

「そう、全部脱いで裸になって」

「はい……」

亜沙美はベッドから立ち、コートを脱いだ。

中は、下着だけだ。身体を見せつけるようにブラを外して、下着を脱いで床に落とした。

ごめんね、ロンホワン……。

ベッドに横になり、男たちにうっとりと微笑んだ。

6

ロンホワンはS&W・M36リボルバーのラッチを押し、シリンダーを開いた。五つの弾倉に、四発の38スペシャル弾を込める。獲物が四人なら、弾は四発あれば十分だ。日本では38スペシャル弾は、闇値で一発一万円はする。

だが、そこで少し考えた。自分があのアジトの中で的を外すことは有り得ない。だが、ロンホワンが持っているのは二〇年以上前の古い弾だ。もしかしたら、不発があるかもしれない。

ロンホワンは残るひとつの弾倉に五発目の38スペシャル弾を入れた。シリンダーを閉じ、その銃を黒いタートルネックのフリースの上に着けたショルダーホルスターに納め、上から少し大き目のM—65ジャケットを着込んだ。

ベッドの上では、ぼろぼろの亜沙美が疲れ果てて眠っていた。少し前に奴らのアジトから逃げ帰ってきて、スマホのアプリで奴らのアジトの間取り図を作り、「いまなら四人ともあの事務所にいるから……」といって倒れるように寝てしまった。

なぜか、メイクの崩れた亜沙美の寝顔が愛おしかった。

「行ってくるね……」

ロンホワンはまだ他の男の臭いが残る亜沙美の寝顔に口付けをし、ビルの屋上のコンテナハウスを出た。

外は、陰に潜む冬の魔物の囁きが聞こえるほど冷えていた。ロンホワンは黒いワッチキャップを目深に被り、深夜の街を歩いた。マスクをしていても、吐く息が白い。

暗い路地から路地へと抜けながら、奴らのアジトを目指した。すでに午前一時を回っているので、ほとんど人とは出会わない。このあたりの警察官の見廻りのコースと防犯カメラのある場所は、ほとんど頭に入っている。

一時間ほどで、奴らのアジトの前に着いた。

二階を見上げる。スモークフィルムが貼られた窓から、かすかに明かりが漏れていた。人がいることは確からしい。

ロンホワンはまず亜沙美からいわれたとおりに、建物の左側の通路から奥へ向かった。数メートル進んだ右側に、アルミ製の古いドアの勝手口があった。

ここだ……。

ドアノブを握り、回してみた。だが、鍵が掛かっていた。それなら、それでいい。

ロンホワンは上着のポケットから瞬間接着剤を出し、それをたっぷりと鍵穴の中に流し込んだ。これでもう、このドアは開かない。

奥の倉庫に回る。このシャッターにも鍵が掛かっていた。その鍵穴にも、瞬間接着剤を入れた。

建物を一周して、正面に戻る。店の上にはまだ古い看板が残っていた。日本語が苦手なロンホワンは、『スナック来夢来人』と書かれた看板を見て首を傾げた。

建物の右手に回り、鉄製の外階段を猫のように足を忍ばせて上る。

踊り場に立つと、黒いドアがひとつ。ドアには『五頭龍会』という金文字のステッカーが一枚。その文字はわからなかったが、下に『STUDIO 5 DRAGON』と書かれているアルファベットは読めた。

ロンホワンは右手でジャケットの中からM36リボルバーを抜き、左手でドアノブを回した。鍵は掛かっていなかった。

ドアを開けて室内に入り、後ろ手でまたドアを閉める。足元に、男物のスニーカーが四足。どうやら四人は、まだこのアジトにいるらしい。

どこからか、日本語のラップのリズムが聞こえてきた。左側の、道路に面した部屋からだ。

部屋のドアを、静かに開ける。ラップのリズムのボリュームが、少し大きくなった。

ロンホワンは瞬時に室内の状況を把握した。

オレンジ色の薄暗い照明の中に、二つのデスクと合皮のソファーの応接セットがひと組。応接セットにはスキンヘッドの男とリーゼントの男が二人で座っていたが、目の前の大きなディスプレイに映し出されるアダルトビデオの映像に夢中になっていて、背後に立つロンホワンの気配に気付いていない。

画面の中で、全裸で二人の男を相手にしている女は、亜沙美だった……。

「何だてめぇ！」

左側のスキンヘッドの男がロンホワンに気付き、振り返った。その頭を狙い、撃った。

バン！

至近距離から38スペシャルのホローポイント弾を喰らったはげ頭が、カボチャのように破裂した。

もう一人の若い男が、ソファーから這うようにして逃げた。

「助けて……」

ロンホワンはゆっくりとした足取りで、男を追った。男がデスクの下に潜り込んだところで追いつき、背中の左側に銃口を突きつけてトリガーを引いた。

バン！

男の体がバネ仕掛けの人形のように跳ね上がり、静かになった。

ロンホワンは大きなディスプレイに歩み寄り、画面に見入った。

亜沙美……。

ディスプレイの裏の配線を握り、引き千切る。画面から亜沙美と、声が消えた。接続されていたカメラのメモリーを抜き、ジャケットのポケットに入れ、部屋を出た。

廊下は暗く、寒かった。

ロンホワンは亜沙美がスマホで描いた間取り図を思い浮かべながら、歩いた。物陰や、他の部屋の前で足を止め、体を反転させて銃を向ける。だが、誰もいない。

あとの二人は、どこだ……。

突き当りのカーテンで仕切られた部屋から、かすかに明かりが漏れていた。亜沙美が、四人の男たちと撮影をした場所だ。

部屋の前に立つ。銃を胸に構え、耳を澄ます。カーテンの向こうから、大きないびきが聞こえてきた。

そっとカーテンを開けた。室内には撮影機材の他に、三人掛けのソファーがひとつ。中央に、ダブルベッドがひとつ。亜沙美のいったとおりだ。

ダブルベッドには、太った男が裸で大の字になって眠っていた。パンツの中で、ペニスが立っている。銃声が二発聞こえたはずなのに、図太い男だ。

ロンホワンはベッドの下に落ちていた枕を取り、男の顔に被せた。いびきが止まったところで銃口を押し付け、トリガーを引いた。

バン!

同時に、白い羽毛と赤い脳漿が飛び散った。

ロンホワンはベッドの上でゼンマイ仕掛けの玩具のように痙攣する男を残し、部屋を出た。

これで三人……あと一人……。

もう一度、最初の部屋に戻ろう。そう思った時、暗がりを影が横切った。

影は壁の裏のトイレから飛び出してきて、廊下を走り、階段を駆け下りた。

ロンホワンもその後を追った。だが、急ぐことはない。獲物がどこに逃げるかは、わかっている。

ゆっくりとした足取りで、ロンホワンは〝その場所〟に向かった。やはり男は、古いスナックのカウンターの奥にある勝手口の前にいた。鍵が瞬間接着剤で固まっているとも知らず、必死にドアノブを回そうとしていた。

ロンホワンはカウンターの上から一〇〇円ライターを取り、火を灯して男の顔を照らした。

「止めろ……。お願いだ……。殺さないでくれ……」

男がドアの前にへたり込み、両手で顔を被って懇願した。ライターの火を近付ける。

この男の顔は、写真で見て知っている。

「あんた、スナガワリュウジだね？」

ロンホワンが訊いた。

「……そうだ……。おれは、砂川龍司だよ……。誰に、頼まれた……。なぜ、おれを殺すんだ……」

男の声が、震えている。

「それは、いえないよ……」

ロンホワンがゆっくりと、男の顔に銃口を向けた。

「……待ってくれ……。金なら、あるんだ……。もし見逃してくれたら、五〇〇万払う……。いや、もっと払ってもいい……。だから、助けてくれ……」

男が額の前で指を組んで手を合わせ、泣いた。

「いや、助けられない。お前はドラッグで女を殺した……」

「えっ？」

ロンホワンはリボルバーのトリガーを引いた。

バン！

額の前に組んだ男の指がばらばらに吹き飛び、体が血糊と共にドアの下に崩れ落ちた。

ロンホワンはライターの火を消し、銃をジャケットの中に仕舞った。一度、階段で二階に上がり、外階段からアジトを出た。

深夜の街は、凛として冷たかった。

ロンホワンは一匹の黒猫のように、闇に紛れて姿を消した。


大久保の古いビルの屋上にある部屋に戻ると、亜沙美はまだベッドの中で眠っていた。

ロンホワンは上着を脱ぎ、銃とホルスターを自分の枕の下に入れ、裸になって亜沙美と一緒にベッドに潜り込んだ。毛布の中は天国のように温かく、亜沙美の体からは淫らな天使の官能的な匂いがした。

「……ロンホワン……お帰り……。仕事、終わったの……?」

亜沙美が背中を向けたまま、いった。

「うん、終わったよ……」

ロンホワンが後ろから、亜沙美の体をそっと抱いた。

「ねぇ……ロンホワン……」

「何……?」

「私のこと、怒ってない……?」

亜沙美が訊いた。

「うん……怒ってないよ。たぶんね……」

ロンホワンがいった。

「ありがとう……」

亜沙美がロンホワンの腕の中で寝返りを打ち、口付けをした。

7

街にジングルベルが鳴っていた。

一二月二四日、クリスマス・イヴ──。

工藤美咲は久し振りに新宿に出た。

ルミネのバッグンナウンで前から欲しかったハンドバッグ、他の店で新しいコートとセーター、靴も買った。支払いはすべてカードですませ、品物は宅配便で自分の部屋に送った。

だいじょうぶ。今月はいくらでも、このカードを使える……。

最後に大好きなマクドナルドで夕食を食べて、カップルで賑わうクリスマスの雑踏を抜け、新宿駅の改札を通って中央線の下り列車に乗った。

美咲は快速列車のひとつ目の中野駅で降りた。大きなトートバッグを肩に掛けて北口のロータリーを抜け、ブロードウェイセンターに続くアーケード街を歩く。新宿ほどではないけれど、中野の街頭も今夜はクリスマス一色だった。街にはクリスマスソングが流れ、お菓子屋の店先にはどこもクリスマスケーキが並んでいる。

美咲はケーキをひとつ買い、それを持ってアーケード街から飲み屋街へと逸れた。飲み屋街から路地を曲がり、路地から路地へと抜ける。

確か、このあたりだったはずだけど……。

やはり、あった。

路地を曲がった先に、『BAR牛鬼』と書かれた看板の光がぼんやりと灯っていた。

ドアの前に立ち、ひとつ大きな息をして、開けた。

店内から、葉巻きの甘い香りと静かなブルースが流れてきた。ここはクリスマスソングも、目障りなカップルの姿もない。

「いらっしゃい……何だ。この前の、確か……美咲じゃないか……」

カウンターの中で、牛鬼の大きな顔がかすかに笑った。

「今日は。先日は、ありがとうございました。これ、お土産です……」

美咲がそういって誰も客のいないカウンターにクリスマスケーキを置き、スツールに座った。

「おれにケーキを買ってくるなんて、珍しい奴だな。でも、嬉しいよ。こう見えて、けっこう甘党でね。何を飲む?」

「良かった。私も甘いものが好き。何か、カクテルでも飲みたいけど……」

「それじゃあ、モヒートを少し甘めに作ってやるよ。ミントの香りのするカクテルだ」

「うん、それがいい。その前にちょっと、トイレお借りしますね」

美咲は一度、スツールから立ち、店の奥のトイレに向かった。

明かりをつけ、ドアの鍵を掛ける。音を立てないようにそっと水洗タンクの蓋をずらし、冷たい水の中に手を入れた。

あった……。

底に沈んでいたコンドームに入ったものを取り出し、それをペーパータオルで拭った。コートのポケットに入れ、蓋を元に戻す。便器に座り、用を足して、水を流してトイレから出た。

カウンターに戻ると、美咲の前にモヒートのグラスが置いてあった。差してあったストローで、少し飲んだ。口の中に、ほのかな甘みとミントの香りが広がった。

「ところで、〝例の件〟はどうなったんだ。まだニュースでは見ないが……」

牛鬼が訊いた。

「はい。昨日の朝、亜沙美さんから連絡があって、すべて終わったそうです。たぶん、もう少ししたら、ニュースでもやると思います……」

「そうか。良かったな。これで安心して眠れるじゃないか」

「はい。本当に、ありがとうございました。私、これを機に、AVの仕事も辞めようと思って……」

「ああ、それがいいよ……」

美咲はモヒートを一杯だけ飲み、店を出た。

ちょうどそこに来たタクシーを止め、運転手に行き先を告げた。

「東中野まで行ってください……」

三〇分後——。

美咲は東中野駅西口のマンションの前に立っていた。

コートの中のコンドームを破って合鍵を出し、表玄関のロックを解除した。自動ドアが開くのを待って、大理石の壁のエントランスに入る。エレベーターに乗り、〝5F〟のボタンを押した。

エレベーターを降りて、誰もいない外の廊下を歩く。冬の澄んだ大気の中に輝くJR東中野駅の夜景が綺麗だった。

短い間だったが、良かったこと、嫌なこと、いろいろな思い出のある風景だった。だが、この夜景を見るのも今日が最後だ。もう、ここを訪れることはない。

美咲は五〇一号室の前で立ち止まり、ふと息を吐いた。小さな標札に、〝砂川龍司〟と書いてある。

鍵穴に合鍵を差して回し、ドアを開けた。

「ただいま……」

明かりをつけて、部屋に上がる。だが、誰もいない。もう〝あの人〟は、この世にはいない。

私は二カ月前まで、この部屋で暮らしていた。砂川龍司の、恋人として。将来は結婚してくれるっていうから、お金も取らずにAVにも出てあげていたのに……。

でも、園部リリカが現れてから、私はあっさりと捨てられた。それからは、ただの使い捨てのAV女優として、仲間たちのオモチャに払い下げられた。

園部リリカが撮影中にオーバードーズで殺されたなんて嘘。その嘘をネットに流したのは私だから。あの子はAV女優を辞めて、本名に戻って仙台の田舎に帰っただけ……。

美咲は冷え切った部屋の中を横切り、リビングから寝室に向かった。

寝室のドアを開け、明かりをつけた。ベッドを回り込み、サイドテーブルの前に座る。扉を開けると、中に金庫のダイヤルが見えた。

美咲はダイヤルを回した。番号は、わかっていた。龍司がこの金庫を開けるところを、ベッドの上で何度も見ていたから。

ダイヤルを合わせ、レバーを下げる。金庫の扉が開いた。

すごい……。

中には百万円の札束が、山積みになっていた。全部で、六個。それをすべて、美咲は自分のトートバッグの中に入れた。

これはすべて私のもの。

私の、勝ち……。

美咲は部屋の明かりを消し、外に出た。

いつも何気なく見ていた街の夜景が、今日は本当に綺麗だった。

第五話　狐は川を流れて何処に行くのか

1

まるで、神になったような気分だった。

この三八階のマンションの部屋の窓辺に立てば、その足元に一四〇〇万人もの日本人が犇めき合う東京のビル群が広がっている。

東側に高慢な政治家たちを詰め込む〝小さな〟国会議事堂を見下ろし、その向こうには〝小日本〟の〝王〟である天皇の住む暗く広大な皇居の森が見える。

南側の窓に目を転ずれば、彼方に光るレインボーブリッジと、そのさらに先には、かつて我々の同胞がこの国の聖域として築いた偉大なる中華街まで見渡すことができる。

我是胜者（私は勝者だ）——。

本当にこの部屋の窓辺に立ち、下界を見下ろしていると、自分が〝天界〟に住む〝上帝〟になったような気分になる。

中国人貿易商の張偉《ジャンウェイ》は、確かに成功者だった。

こうして日本の東京、皇居を見下ろす〝塔楼〟(タワーマンション)の三八階の部屋に住み、毎日〝安全〟で中国より美味い中華料理を食い、高級なボルドーのワインとヘネシーのブランデーを好きなだけ飲んでいる。このマンションの地下駐車場にはベントレーとポルシェ、二台の車が駐車してあるし、背後の王宮のようなベッドルームには二二歳の美女——それも日本人の女だ——が裸で待っている。

金は、いくらでもある。

張偉が貿易商として扱っているのは、極上の、北朝鮮産の〝興奮剤〟(覚醒剤)だ。

昨夜もまた、横浜港に、コンテナの二重壁に隠された大量の覚醒剤が入荷した。その量、三〇キログラム。日本の末端価格をグラム六万四〇〇〇円とすると、一九億二〇〇〇万円——およそ一億元——。

張偉が支払った仕入れ値は、経費も含めておよそ三パーセントの三〇〇万元——。

それを日本の〝ヤクザ〟に、六倍の一八〇〇万元で卸す——。

その利益は一五〇〇万元——日本円にしておよそ二億八五〇〇万円——ほどになる計算だ——。

今回は、それほど大きな取引ではない。だが、一度に大きな取引で〝極大的〟に儲けようとするよりも、リスクは少ない。このくらいの小さな取引でも、年に三回か四回こなせば、この日本で十分に〝上帝〟でいることができる。

一昨年の七月、横浜の税関で、香港発のレーザー加工機に隠された二九七キロの覚醒剤が摘発されるという事件があった。その価格は、日本の末端価格でおよそ一七八億円(当時)——。

この〝事件〟でカナダ国籍と中国国籍の男女が逮捕され、そこからそれまで日本に君臨してきた〝チャイナ・コネクション〟が芋づる式に挙げられた。以来、張偉は〝ヤク〟の密輸のビジネスチャンスの隙間に入り込み、その旨みを独占してきた。

この笑いが止まらぬ状況は、まだ三年は続くだろう。

その間に稼ぐだけ稼ぎ、利益はすべてケイマン諸島の口座にキープして、ヤバくなったらカナダかオーストラリアの永住権でも買って日本を脱出すればいい……。

インターホンの呼出しのチャイムが鳴った。

張偉は丸々と太った腹の上でシルクのガウンの帯を締めなおし、モニターの前に立って受話器を取った。

「ダオ……」

モニターに、二人の手下が映っていた。

——是《シー》、季敏文《ジーミンウエン》、呉芳《ウーファン》(ジー・ミンウエンとウー・ファンです)——。

どちらも〝卓越的有才能〟の手下どもだった。二人とも、手にお揃いの黒いボストンバッグを提げている。

「进来《ジンライ》(入れ)……」

張偉はそういって、一階のロビーのセキュリティーを解除した。

鍵が開いたのを見届け、リビングのソファーに座った。

あの二つのボストンバッグには一五キロずつ、計三〇キロの覚醒剤が入っている。

ベッドルームの娘に、全身が性器になるまでたっぷりと打ってやろう……。


季敏文と呉芳の二人は足が竦んでいた。

なぜなら二人の傍らには――セキュリティーカメラには映らない位置に――ピエロのラバーマスクを被った男が立っているからだ。

別にそのピエロの顔が怖い訳じゃない。足が竦む理由は、その男が銃を持っていて、だぶだぶの黒いコートのポケットの中から二人に狙いを付けているからだった。

そしてこの男は、自分たちが下手な動きをすれば、躊躇せずに撃つだろう……。

だから二人はピエロの面を被った男のいいなりになり、セキュリティーを通り、タワーマンションのエレベーターに乗った。三八階で降り、３８０１号室の前まで連れてきた。

ドアを開け、玄関に入ったところで背後から棒のようなもので殴られて、二人とも仲良く気を失った。


玄関の方で、何か物音が聞こえた。

何だろう……？

張偉がソファーを立とうとした時、リビングのドアが開いた。

ピエロの顔をした黒いコートの男が入ってきた。左手に、覚醒剤の入ったバッグを持っている。それを、床の上に置いた。

張偉は、手下のどちらかが悪ふざけをしているのだと思った。

「馬鹿な冗談はやめろ。それより〝ブツ〟を……」

だが、そういいかけた時に、異変に気付いた。

この男は、季敏文でも呉芳でもない……。

「你《ニィ》是《シー》張《ジャン》偉《ウェイ》鳴《マ》？（ジャン・ウェイさんですね）」

中国語でそう訊かれた瞬間に、張偉は逃げた。

だが、間に合わなかった。

男がポケットの中から小型のリボルバーを抜き、張偉に向けた。

ピエロの面を被った男は、古いM36リボルバーの引き鉄を引いた。

バン！

一発目は逃げようとした張偉の太った腹に当った。

バン！

二発目はよろけた張偉の心臓に命中した。

バン！

三発目はソファーに倒れた張偉の額に穴を開けた。

白い革のソファーは、見る間に血で赤く染まった。

ピエロの男は銃をポケットに仕舞った。床に置いてあるボストンバッグを拾い、バスルームに向かった。

ちょうどいい……。

大きな湯船には、お湯がたっぷりと入っていた。その中に、ボストンバッグの中身——およそ一五キロの覚醒剤——をすべて空けた。玄関からもうひとつのボストンバッグも持ってきて、その中身もすべて風呂の中にぶち撒けた。

リビングに戻ると、裸の上にガウンを一枚羽織った女が震えて立っていた。足から床の絨毯の上に、小便が流れていた。

ピエロの男が、女に歩み寄った。

「だいじょうぶだから。君を、殺したりはしないよ。ぼくがこの部屋を出ていったら、玄関に寝ている男たちが目を覚ます前に警察を呼んで……」

女が震えながら、何もいわずに頷いた。

ピエロの男はリビングを出て、玄関に向かった。床に倒れている二人の中国人の体を跨ぎ、部屋の外に出た。

厚い絨毯を敷いた廊下を歩き、エレベーターに乗った。誰にも、会わなかった。

一階でセキュリティーを通過し、無人のロビーを横切り、タワーマンションの外に出た。

防犯カメラのない場所でピエロの面を取り、ロンホワンは深夜の赤坂の街に消えた。

2

警視庁赤坂警察署に若い女の声で一一〇番通報が入ったのは、一月八日の午後一一時二五分だった。

〈——部屋の中が血だらけで……中国人が死んでて……ピエロの人がやったんだけども……私は知らないし……あと二人中国人がいたんだけども、どこかにいなくなっちゃって……○△×□?$△Ⅱ×○——〉

酒に酔っているのか、ドラッグでもやっているのか。女は呂律が回らず、いっていることも支離滅裂で、まったく状況が摑めなかった。

赤坂署刑事課の中瀬《なかせ》卓《すぐる》は通報から三〇分後の一一時五五分、同署の刑事当直と鑑識員ら六人と共に、赤坂二丁目の『タワーレジデンス・スカイトップ』3801号室の〝現場《ゲンジヨウ》〟に着いた。

署から目と鼻の先の〝現場〟まで三〇分も時間が掛かった理由は、通報者の河井真綾《かわいまあや》という二二歳の女が錯乱状態で、マンションを特定するのに必要以上に手間取ったためだった。

〝現場〟は酷い有様だった。

高価なソファーの上に額、胸、腹に三発銃弾を食らったデブの中国人が倒れていて、夜景を見ながらジェットバスを楽しめる大きな風呂の中には大量の覚醒剤がぶち撒けられていた。

もし覚醒剤のかわりに入浴剤でも入れてくれていたなら、バーカウンターの棚に並んでいるコニャックでも一杯持ってきて、東京湾の夜景を楽しみながらゆっくりと湯に浸かりたいところだが……。

〝死体〟の身元は持っていたパスポートと免許証によると、張偉という深圳《しんせん》出身の中国人の貿易商、年齢四六歳……。

〝本社〟（警察庁）に照会しても、まだ一度も捜査線上に名前が浮上したことのない男のようだった。だが、この〝現場〟を見ればおそらく張偉という男は〝チャイナ・コネクション〟の元締であり、この部屋で〝ヤク〟の取り引きに関するトラブルが起きたという筋書きなのだろう。

それにしては、わからないことがひとつある……。

この張偉という男を射殺した奴がもし〝ヤク〟の密売がらみの男なら、なぜこんなもったいないことをしたんだ？

どう見ても、一〇億円単位の〝シャブ〟だ。

風呂にぶち撒けるなら、持ち帰って商売にするはずだが……。

「中瀬さん、ちょっといいっすか」

振り返ると、同じ刑事課の当直、児島洋一《こじまよういち》が立っていた。

「何か〝出た〟か？」

中瀬が訊いた。

「ええ、ちょっと。〝ロク〟（死体）の方に来てもらえますか」

まるでハリウッドのセレブが住んでいるようなリビングに戻ると、白いソファーの上にガウンをはだけた太った男の死体が首を傾げ、カエルのように足を広げて座っていた。その周囲を鑑識の田口《たぐち》という男がせわしなく歩き回り、LEDライトで照らしながら死体の写真を撮っていた。

児島が死体に歩み寄り、撃たれた箇所を指さした。

「ここと、ここと、ここ……。全部、三八口径っすね……」

丸い腹の真中と、左胸の毛の生えた乳首の横、そして額の中央に小さな丸い穴が開き、締まりの悪い水道の蛇口から滲み出るように赤黒い液体が流れ落ちていた。

「また38スペシャルか？」

中瀬が太った死体に、顔を近付けた。

それにしても、腹を撃たれた死体というのは、何でこんなに酷い臭いがするんだ……。

「そうです、おそらく38スペシャルのリボルバーですね。〝解剖〟やってみないと確かなことはわかりませんが……」

児島がいった。

「わかるさ……」

中瀬はそういって死体の頭を足で押しのけ、裏を見た。思ったとおり、弾は男の頭部を貫通し、裏のソファーの背もたれに食い込んでいた。

上等なソファーなのに、もったいねぇ……。

中瀬はポケットからCASEのポケットナイフを出し、刃を起こした。脳漿と髪の毛がべっとりと付着した白い革を切り裂き、中から鉛の弾をひとつ抉り出した。

「やはり、38スペシャルだ……。ライフルマーク（線条痕）は検出できそうもないけれどな……」

中瀬はそういって、その弾頭を児島の手の平の上に置いた。

弾頭はホローポイント弾（先端に穴が開いている弾頭）なので、男の前後二カ所の頭蓋骨と脳を貫通したために、ぐしゃぐしゃに変形していた。

「まあ、まだ二発ありますからね……。明日の解剖が終わってみないと……」

「そうだな。ところで、通報してきたあの若い女はどうしてる。何か、〝犯人《ホシ》〟の手掛かりになるようなものは見てないのか？」

「ええ、〝犯人〟はピエロの面を被った男らしいですよ。しかし寝室のベッドテーブルの上にはMDMAは積んであるし、〝覚醒剤《シャブ》〟は決めてるし、何もわかってないようですけれどね……」

「そうか……。まあ、いい。ともかく明日の解剖を待とう。おれは署に戻ってるから、あとは適当にやってくれ……」

中瀬は踵を返して手を振ると、そのまま〝現場〟の部屋を出た。

それにしても、また38スペシャルか……。

ここ二年ほどの間に、都内でなぜか38スペシャルのリボルバーを使った〝殺し〟が続いている。

最初の〝事件〟は一昨年の四月三〇日——。

その二年前の五月に中野区で車の暴走死傷事故を起こした元通産省の官僚、徳田敬正が、第五回公判の当日の朝に練馬区中村南の自宅前で射殺された。

この時、徳田は八八歳。車椅子に乗った徳田を取り囲むメディアの取材陣の目の前での犯行だった。画面の外からいきなりリボルバーを持った〝犯人〟の手が入ってきて、徳田の頭に向けて引き鉄を引く様子がテレビカメラにはっきりと映っていた。

二度目は昨年の同じ四月三〇日の夜——。

西麻布の〝SACRIFICE〟というバーで、半グレの店の主人と客の森村達也という俳優の男が殺された。

警察は〝半グレ集団の抗争〟のセンで捜査を進めているが、〝本セン〟は森村の方だろう。森村は、前年の暮れに死んだ有名歌手の元恋人で、〝築地真衣子を自殺に追い込んだ男〟として頻繁にマスコミにその名が上がっていた。

三つ目は、昨年の一二月二二日の深夜――。

中野区弥生町二丁目の住宅街で、半グレ集団〝五頭龍会〟のメンバー四人が殺された〝事件〟だ。このグループはデートクラブや裏AVで〝シノギ〟を上げていた暴力団の準構成員で、全員が一発ずつ38スペシャル弾を食らっていた。

これらの被害者の人間関係に、共通点はない。

共通しているのはバーの店長の男を除き、他の六人全員がリボルバー用の38スペシャル弾で射殺されているということだ。しかもその38スペシャル弾はホローポイントなので、体の中で潰れ、これまでライフルマークは確認できていない。

だが、どの〝事件〟も――今回の張偉という〝ヤク〟の〝売人《バイニン》〟らしき中国人が殺された〝事件〟も含めて――手口からして同じ〝プロ〟の仕業であることは明らかだ。

中瀬には一人だけ、その38スペシャルのリボルバーを使う〝プロ〟の殺し屋に思い当る男がいた。

まさか、あの男が……。

苦い思い出がある。

あれは確かロシアがクリミアに侵攻した翌年、二〇一五年の一月だったたか。

中瀬はあるウクライナ帰りの〝殺し屋〟を横浜の埠頭に追い詰めて、一対一で対峙したことがあった。

だが、格が違いすぎた。相手の妖魔のような殺気に気圧され、銃を向けられて小便を漏らし、取り逃がしてしまった。

その不始末の結果、中瀬はそれまでの警察庁外事情報部のエリートコースを追われ、都内の所轄の一刑事部に出向させられるまでに身をやつしている。

だが、〝あの男〟は、北九州にいたはずだが……。

とにかくいまは署に帰る前にどこかでウイスキーでも引っ掛けて、体に染みついた中国人の生臭い血の臭いを抜くことだ。


翌、午前一〇時――。

中瀬は酔って署に戻って仮眠した後、文京区大塚の『東京都監察医務院』に出掛け、昨夜死体になった張偉という中国人の男の司法解剖に立ち会った。

死因は頭と腹、心臓を撃たれたことによる失血死。監察医によると、ほとんど即死だっただろうという。

手際のいい〝殺し〟だ。だが、そんなことはどうでもいい。

問題は、この太った中国人の体の中に入っている銃弾だ……。

思ったとおり、頭を貫通した銃弾の他に、左胸と腹の中から二発の38スペシャル弾が出てきた。左胸に入った銃弾は肋骨を一本粉砕し、体内で変形して、その後ろにある心臓を完全に破裂させていた。

それも、どうでもいい……。

中瀬は三発目の銃弾、太った死体の腹から摘出された銃弾を見て、息を呑んだ。

そのステンレスのトレーの上に載った血だらけの38スペシャル弾は、ホローポイントであるにもかかわらず、骨に当ることもなく太った中国人のぶ厚い内臓脂肪に守られて、奇跡的に原形を止めていた。

中瀬は、傍らに立つ児島に命じた。

「こいつのライフルマークを、すぐに照合してくれ……」

「承知しました」

児島はその血だらけのホローポイント弾を証拠保存用の袋に入れ、解剖室から飛び出していった。

六時間後――。

自宅マンションに戻り、一杯飲んで昼寝から目覚めた中瀬のアイフォーンに、児島からメールが入っていた。

〈――例の38スペシャル弾、ライフルマークの照合結果が出ました。

2015年1月に横浜のMIC3埋立地で起きた中国マフィア同士の抗争事件。あの

時に死んだ二人の中国人の腹の中から出た38スペシャル弾と、ライフルマークが完全に一致しました——〉

思ったとおり〝あの男〟だ……。

〝クズリ〟が、帰ってきた……。

3

山下公園のベンチに座りながら、ロンホワンは黄昏時の潮風の香りを楽しんでいた。

目の前に碇泊する『氷川丸』をバースに繋ぐ鎖には、あのころと同じようにカモメの群れが一列に並んで羽を休めていた。

ロンホワンはその光景を眺めながら、ロシア人の老婆から聞かされた奇妙な伝承を思い出していた。

昔、あるロシアの川に、一本の丸太が流れてきた。

丸太には、二羽のカモメが止まっていた。

岸辺でそれを見ていた一匹のキツネが、カモメたちに訊いた。

——カモメさん、カモメさん。そこで何をしているの？——。

すると、カモメがいった。

——キツネさん、ぼくたちは魚を捕っているんだよ——。

キツネが、また訊いた。

——そんなに魚がいるのかい？——。

——うん、たくさんいるよ。キツネさんもこちらにおいでよ——。

——カモメさん、ありがとう。いま、そちらに行くよ——。

キツネは岸から丸太に跳び移った。ところが丸太が揺れて回転し、キツネは川に落ちてしまった。

——カモメさん、助けておくれよ——。

しかし二羽のカモメは空に舞い上がり、笑いながらどこかに飛んでいってしまった。

キツネは丸太に這い上がることもできず、岸に戻ることもできずに、川に流されながら消えてしまった。

確か、そんな物語だった。

だけど、その先はどうなったのか、それが思い出せない……。

日本製の腕時計を見た。

午後五時半——。

そろそろいいだろう。

ロンホワンはベンチを立ち、中華街に向かった。見上げるとホテルニューグランドとマリンタワーが、黄昏の空に聳えていた。

朝陽門を潜って中華街に入り、中華街大通りの雑踏の中を歩く。

二年前にコロナが流行していた時にはゴーストタウンのように静かだったこの街にも、いつの間にか人と活気が戻ってきた。道の両側には中華料理屋の大小様々な看板が重なり合い、その先の川の中をロンホワンは人の波に揉まれながら流されていった。

だが、この街は変わった。

昔は唐人町や南京町と呼ばれていたころからの広東省出身の華僑の街として、横浜に根付いた独特の文化を築いていた。ところが近年はかつての大店や有名店がひとつ、またひとつと姿を消し、そこに大陸からの新しい中国資本が侵略して、街の目に見えない土台の部分を蝕みはじめている。

いつかはこの街も〝中国〟という怪物に呑み込まれてしまうのだろう。

そしていずれは、〝日本〟というこの国そのものも……。

中華街大通りからひとつ左に折れて、上海路に入る。この道の風景は、あまり変わらない。そしてさらに右にひとつ折れて市場通りに抜ける路地に入ると、急に雑踏の人の波が途切れてあたりが静かになった。

ロンホワンは赤い小さな看板に『酔鳳』と書かれた飯館の前に立ち、古く重いガラスのドアを押した。

「いらっしゃいませ……哦《オー》、狼鑵《ロンホワン》じゃないか。好嗎《ハオマ》（元気かい）？」

店から出てきた大娘《ターニャン》（おばちゃん）がいった。

ロンホワンはこの街では、〝狼貛〟と呼ばれている。日本での呼び名と同じだが、中国人が発音するとまったく違う言葉に聞こえる。

「范偉志《ファンウエイジー》大人《ターレン》はいる？」

ロンホワンが訊いた。

「ああ、奥にいるよ」

大娘が親指で背後をさした。

ロンホワンが覗くと、奥の席から赤ら顔の大人が手を振るのが見えた。

大人と会うのも、二年振りだ。

「大人《ターレン》、好久没见《ハオジウメイジエン》。身体好鸣《シエンテイハオマ》？」

ロンホワンが中国語で訊いて、同じテーブルに座った。

「很好《ヘンハオ》（元気だよ）。〝狼貛〟、お前はどうしていた。この前、電話で話したが、顔を見るのは久し振りだ」

「うん、ぼくは何とかやってるよ」

范偉志大人は、この飯館のオーナーだ。

毎日、夕方になると、開店前のこの店の一番奥のテーブルに座って菜肴を食い、老酒を飲む。

ロンホワンも同じテーブルに座り、青島啤酒を飲み、叉焼《チャーシュー》や家鴨の舌の唐揚げ、皮蛋などの菜肴を食い、話をした。大人は今年で八七か八八歳になるはずなのに、よく食べ、よく飲み、本当に元気そうだった。

「ところで大人。この前、電話で頼まれた〝仕事〟、先週やっておいたよ」

ロンホワンがいった。

「そうだった、そうだった。新聞で読んだぞ。麻薬の売人、張偉は死んだ。ちょっと待ってくれ。狼玃に〝仕事〟の金を払わなくちゃならない」

大人がそういって椅子から立ち、店の奥に行くと、ぶ厚い紅包（中国の赤い祝儀袋）をひとつ持ってテーブルに戻ってきた。

「ほら、狼玃。この前の〝仕事〟の労金だ。おかげでこの横浜に入ってくる悪い薬も、少しは減るだろう」

大人がいった。

「ありがとう……」

ロンホワンは紅包を受け取り、中を見た。だが、約束していた金額より、中の一万円札の数はどう見ても少なかった。

「大人……確か、二〇〇万円のはずだったけれど……」

ロンホワンがいった。

「ああ、知ってる。でも、そこからあの〝ペントハウス〟の家賃を引いた。二カ月分、滞納していただろう。その分と利子を引いたら、そうなった」

大人が悪びれもせずにそういって、老酒を飲んだ。

いまロンホワンが住んでいる新宿区大久保二丁目のビルも、大人の持ち物だ。あの屋上のコンテナの小屋のことを、大人は〝ペントハウス〟と呼んでいる。

ロンホワンが一万円札を数えてみると、一五〇万円しか入っていなかった。

あの〝ペントハウス〟の家賃が一カ月二〇万円で、二カ月分だと四〇万円。それに利子が一〇万円で五〇万円……。

そういう計算なのだろう。

「でも大人、あの大久保の〝家〟の家賃が月に二〇万円は高すぎるよ……」

「いや、狼䝙、そんなことはない。〝ペントハウス〟っていうのはどこも家賃が高いんだ。横浜だって五〇万円はするし、ニューヨークならば月に二万ドルはするぞ。むしろ安すぎるくらいだ。それにあの〝ペントハウス〟からは新宿のきれいな夜景が見えるし、この范偉志大人のビルだとわかれば警察も手を出せない。だいたい狼䝙、お前に部屋を貸してくれる者など他に誰がいるか？」

「うん……まあ……そうなんだけれど……」

ロンホワンは大人と話していると、いつもうまくいくるめられて損をする。

「さあ、狼䝙。そんなことはいいから、早くその金を仕舞え。それに、もっと食え。もっと飲め。今日はすべて私の奢りだ。さあ、遠慮するな」

「うん、ありがとう……」

「それからもうひとつ、話がある。次の〝仕事〟があるんだ。やってくれるか？」

「ああ、わかった。大人の〝仕事〟なら、ぼくはいつでも引き受けるよ……」

ロンホワンはそういって、グラスの老酒を空けた。

4

翌日——。

ロンホワンは大久保二丁目の古いビルの屋上のコンテナハウスの中で、ベッドに座って小さくなっていた。

目の前のソファーには、亜沙美が長い足を組んで座っている。

「どうしてこんなに少ないの……?」

亜沙美が紅包の札束を数えて、溜息をついた。

「だから、そのう……。いろいろとあって……」

ロンホワンがしどろもどろで言い訳をする。

「今度の〝仕事〟は二〇〇万円っていう約束だったよね。五〇万円、足りないよ。ロンホワンが使っちゃったの?」

「使ったりしないよ……。ここの家賃が二カ月分溜まってて、それと利子を入れて五〇万円引かれて……」

「それでこの一五〇万円もらって引き下がってきたの? だいたいこのネズミの巣みた

いな〝家〟が家賃二〇万円なんて高すぎる。ロンホワン、あなた大人に騙されてるんだよ」

亜沙美は美人で、可愛くて、セクシーで優しいけれども、時々とても怖いことがある。

「そんなことはないよ……。大人は、いつもぼくに親切にしてくれる……。それにこの前、亜沙美が取ってきた〝仕事〟よりも儲かってるじゃないか……」

年末に亜沙美が取ってきた〝仕事〟は、四人も殺して七〇万円にしかならなかった。それに比べたら、今回の〝仕事〟は割がいい。

「何いってんの。あの〝仕事〟だって、やろうといったのはロンホワンだよ。私は、安いからやめようっていったのに、ロンホワンが先に一〇万円前借りして焼肉食べちゃったんじゃない……」

そういえば、そうだったかもしれない。

「でも、あの時はお金がなかったし……。二人ともお腹が減ってたから、仕方なかったんだ……」

「まあね……。でも、私たちみたいな〝仕事〟は、あまり安売りしない方がいいと思うよ……」

亜沙美がそういって、溜息をついた。

「わかってるさ……」

「それで、また〝仕事〟を引き受けてきちゃったんでしょう。大人から……」

亜沙美が訊いた。

「うん、実はそうなんだ……」

「今度はどんな〝仕事〟なの？」

「中国人のマフィアだよ……」

標的は中国の黒社会〝新義安〟のヤング・シャー——本名、謝炎基《シェイエンジー》——という男だった。

「その〝仕事〟のギャラはいくらなの？」

「今度も、二〇〇万円……」

「次はちゃんと、もらってきてよ」

亜沙美がいった。

5

中国黒社会の〝新義安〟は、謎の多い組織だ。

香港を拠点とする秘密結社〝三合会〟に属する〝14K〟、〝和勝和〟と並ぶ三大組織のひとつといわれ、構成員は六万人という説もあるが、確かなことはわかっていない。

現在は香港だけでなく、中国の広東省、イギリス、フランス、ベルギー、オランダなどのEU諸国にも勢力圏を広げている。また、近年はすでに日本の裏社会にも進出しているといわれ、実際にいくつかの〝事件〟でその関与が噂されている。

組織の収入源は麻薬の密輸と売買、人身売買、会社の乗っ取り、殺人代行、売春、盗難車の売買、映画製作からナイトクラブの経営、詐欺など合法、非合法を問わず多岐に及ぶ。香港返還（一九九七年七月一日）以降は「黒社会の中で最も中国共産党に近い組織」ともいわれ、二〇一九年に始まった〝香港民主化デモ〟の中でも民主派の弾圧に加担したことは世界的にもよく知られている。

その〝新義安〟の謝炎基は、日本の裏社会にもそこそこ名の知れた男だった。

深圳市出身の香港人で、今年三八歳。四二歳という説もある。背の高い〝美男子《メイナンツー》〟で、若いころは俳優として香港映画に出ていたという噂もあるが、確かなことはわからない。

四年前、香港民主化デモも襲撃した〝白シャツの男たち〟の中の一人で、その時に民主派の運動家を一人殺害し、そのどさくさに紛れて日本に流れてきた。最初は神戸に潜伏していたが、その後、横浜に居を移し、中国の他の黒社会勢力との抗争でのし上がった。このコロナ禍で廃業に追い込まれた中華街の飯館の地上げや転売、人身売買、そしておそらく麻薬の密売などで荒稼ぎし、その裏ですでに何人かの犠牲者——自殺者——を出している。

だが、ロンホワンは謝炎基——ヤング・シャー——という男のことをすべて知っているわけではなかった。

大人から聞いているのは、その男が〝新義安〟の顔役であること。さらにその上の組織、〝三合会〟の幹部であること。中国共産党の手先で、香港で人を殺していること。年齢と、横浜周辺での立ち回り場所。そして四年前の、まだ香港にいたころの一枚の顔写真だけだ。

ヤング・シャーが、どれだけ危険な男であるかということは知らない。范偉志大人が、なぜそのヤング・シャーを消そうとしているのか。その本当の理由も教えられていない。

そんなことは知りたくもないし、知る必要もなかった。

ヤング・シャーは、横浜ベイクォーターのショッピングモールを見下ろす某有名タワーマンションの三四階に住んでいた。以前、猟銃による殺人事件があったマンションの、その同じ階の部屋だ。

どんな〝事件〟があったにせよ、ロンホワンにしてみれば天国のような場所だった。それに、先日殺した張偉もそうだったが、中国人はなぜこのような〝塔楼〟を好むのか。日本に来て僅か二年か三年でなぜこのような高級マンションに住めるようになるのか。不思議だった。

ロンホワンはしばらく中華街の大人の店、『酔鳳』の三階に下宿しながら、ヤング・シャーの行動を見張った。

その結果、いくつかわかったことがある。

まず、このタワーマンションはこの前の赤坂のマンションとは違い、セキュリティーの隙を突いて部屋に侵入するのが難しいこと。

ヤング・シャーの顔は写真で確認できたが、ほとんどこのマンションの部屋から出ないこと。外出する時には、必ずボディーガードを二人連れていること。

中国人の若い〝情婦《チンフー》〟——とんでもない美人だ!——が一人いて、二人でベイクォーターでショッピングやランチを楽しむ時にはボディーガードを連れていないことがある。だが、人出が多い日中に〝仕事〟をするのは難しいこと。

ヤング・シャーはメルセデスの白いSUV——Gクラス——を一台持っていて、ボディーガードに運転させ、何日かに一度は中華街に夕食に出掛けること。同行するのはほとんど〝情婦〟の美菱《メイリン》という女で、他の中国人の黒社会の幹部らと会食することもあるが、行く店は自分が経営する『深圳謝樓』か、有名店の『慶珍樓』のどちらかに限られていること——。

いずれにしてもヤング・シャーと美菱の二人は、遠くから見ているだけでうっとりとするほど美しいカップルだった。

そしてヤング・シャーは、悪魔のように用心深く、繊細で、隙がない……。

〝標的〟としては、きわめて難しい相手であることは確かだった。

ロンホワンは、考えた。

どこで〝殺る〟か……。

6

ヤング・シャーは、頭のいい男だった。

香港にいる時には中国共産党の〝木偶〟として民主家運動の弾圧に加担したが、それは自分の命と、中国的にいう〝核心的利益〟を守るためだった。

だが、自分は共産主義者ではないし、ましてその頭目の習近平と心中するつもりはさらさらなかった。

香港だろうが、中国本土に住もうが、あの国に未来はない。貧困層であれ富裕層であれ常に政治的な圧制という毒に晒されて、いつかは社会的に殺される。もしくは、本当に命を奪われる。

それに対して、日本は平和で、安全だ。

それに、〝円〟が安い。日本円が、たった〇・〇五中国人民元でしかない!

いまヤング・シャーが住んでいるベイクウォーターのタワーマンションの三四階の部屋も、たった一五〇〇万人民元(約三億円)で買えた。中華街に買った店、『深圳謝樓』は、さらにその五分の一の三〇〇万人民元でしかなかった。そんなはした金で上海や北京に不動産を探しても、せいぜい〝厠所〟(便所)くらいしか買えないだろう。

日本人は、愚かだ。

自分たちが住む国の価値も、自分たちがいまやどれだけ貧乏になったのかすらも知らない。だから中国人の富裕層は〝日本を買って〟この国に住みたがる。

たとえば日本では、たった二五万人民元（五〇〇万円）を投資して会社を設立すれば、〝経営・管理ビザ〟が取得できる。

同じことをアメリカでやれば最低でもその二〇倍以上の投資が必要だし、シンガポールならさらにその二倍以上のドルを用意しなければならないだろう。〝日銀〟がなぜそんなに日本を安売りするのか理由がわからないし、中国人としては笑いが止まらない。

だから中国の富裕層は、日本に移住したがる。

中国のシンクタンク〝CCG〟（全球化智庫）のデータによると、二〇一九年現在で中国人移住者の数はアメリカが一位でおよそ二九〇万人。二位が日本でおよそ七八万人。これはその国の規模と人口を考えれば異様な数だ。さらに二〇二二年には、新たに二五〇〇人近い中国人が〝経営・管理ビザ〟で日本に入国している。

日本人はいま、いずれ中国が台湾に侵攻し、北朝鮮から核ミサイルが飛んできて、自分の国も戦争に巻き込まれるのではないかと怖れている。だから首相は増税してまで軍事費を大幅に引き上げ、大量の旧式ミサイルやジェット戦闘機をアメリカから買うといって騒いでいる。

何と愚かなことか。

いまの中国は武力を使わずとも、経済力だけで日本を侵略することができるだろう。

日本人がアメリカ製の〝拡拡罐罐《タンタングアングアン》〟（ガラクタ）を島の周囲に並べて満足しているうちに、気が付けば肝心の中身がすべて中国人のものになっていて、あたふたと慌てることだろう。

ヤング・シャーは、日本が好きだった。

いままでこれほど平穏で、豊かで、そして清潔な場所に住んだことはなかった。この横浜での、愛する美菱との生活は、まるですべてが夢の中の出来事のように美しく、時として〝烏托邦〟（ユートピア）のようですらあった。

考えてもみてくれ。

この横浜の中華街では、香港や中国本土よりも美味しい〝中国菜《チヨングオツアイ》〟（中国料理）が食べられるのだ。しかもその料理の中に、薬漬けの奇形の鶏肉や、病死した豚肉、下水溝から集めた廃油は入っていないのだ。

だからといってヤング・シャーは、この横浜の街が〝安全〟だと信じていたりはしない。

もちろん香港や深圳、上海、もしくはニューヨークやウクライナの戦地ほど危険ではないだろう。だが、この横浜にも、必ず自分の命を狙う奴はいるはずだ。

もし〝新義安〟の自分に恨みを持つ者がいるとすれば、同じ香港人か、おそらくこの横浜に古くから住む広東人だろう。

つまり、中国人の敵は、世界中どこに行っても中国人だということだ。

ある日、ヤング・シャーがいつものように美菱を伴って自分の店『深圳謝樓』で食事をしている時に、手下の潘宇辰《パンユーチエン》という男が近付いてきて、静かに耳打ちをした。

――いま、〝三合会〟の閻龍《イエンロン》という男からラインで連絡が入りました。この横浜で、ミスタ・シャーの命を狙っている者がいる。その愚かな〝殺し屋〟の名は、〝狼籮〟というそうです――。

ヤング・シャーが頷き、いった。

「その話は後でゆっくり聞こう。いまは食事中だ」

男が黙って引き下がった。

美菱が訊いた。

「ヤング、何かあったの?」

「いや、何でもない。〝仕事〟の話だ。それよりも、この葱焼鮑魚(アワビの姿煮)が冷めないうちに食べてしまおう……」

ヤング・シャーがおっとりと笑い、食事を続けた。

この横浜でも、いずれ自分の命を狙う者が現れることはわかっていた。

――兵来将挡、水来土掩――。

兵来れば将で防ぎ、水来れば土でふさぐ……。

相手がどんな手段を使っても、それ相応の対策を取る準備はできている――。

7

一月も半ばに入ったころから、中華街も次第に春節の風情が高まりはじめた。

それぞれの通りには無数の赤い提灯とランタンが灯り、〝恭賀新禧〟、〝納福迎祥〟を掲げた白い獅子舞が華やかな太鼓の拍子と笛の音に合わせて練り歩く。

日が暮れれば街角や広場の至る所で爆竹が鳴り響き、中華街名物の鮮やかな春節燈花（イルミネーション）に火が灯る。中華街大通りの夜空には、黄金の巨大な光の龍が舞う。自分が現実の世界にいることがわからなくなるほど、幻想的な光の世界だ。

ロンホワンは毎日、その幻想的な風景の中を歩いた。

どこで〝殺る〟べきか……。

だが、ヤング・シャーには隙がない。いつもの影のように従う〝新義安〟の護衛も、身のこなしや目配りからしてただ者ではない。かなりのプロだ。ジャケットのふくらみからすると、銃もしくは何らかの武器を携帯している可能性もある。

それにロンホワンは、〝新義安〟に忌まわしい思い出がある……。

あれは二〇一五年、ロンホワンがウクライナから日本に帰ってきた翌年のいまごろだった。ちょうどいまの『酔鳳』の三階の屋根裏部屋に下宿している時に、春燕《チュンイエン》という中国人の恋人がいた。

美人で、少し気が強く、でもとても優しい人だった。料理が上手で、よくロンホワンに〝中国菜〟を作ってくれた。春燕といる時にはとても幸せな気分になれた。

だが、春燕は、日本の警察が仕組んだロンホワンと〝新義安〟との〝決斗〟に巻き込まれ、奴らに惨殺されてしまった……。

『酔鳳』の店の屋根裏部屋にいると、ロンホワンはいつもここで過ごした春燕との日々を思い出す。

だが、ロンホワンは、脳裏に浮かぶ春燕の笑顔を打ち消した。

大人がいつか、中国にこんな諺があると教えてくれたことがある。

──好马不吃回头草《ハオマーブーチーフイトウツアオ》（好い馬は戻って自分が踏んだ草を食べたりはしない）──。

賢人は、過ぎたことに未練を残したりはしないものだ……。

だから、〝新義安〟のヤング・シャーを〝殺る〟のは、復讐なんかじゃない。あの美しく危険な男が同じ〝新義安〟のメンバーであることはただの偶然だし、春燕を殺した男たちはもうとっくに死んでいる。

これは、ただの〝仕事〟だ。

〝仕事〟ならば、早くすませてこの部屋を出て行こう。そして、亜沙美の待つ東京に帰ろう……。

ある日の夕方、ロンホワンはいつものようにさり気なく、香港路の『深圳謝樓』の前を通った。

もしヤング・シャーが来ていれば、すぐにわかる。店の前に一人、必ず黒い中国服を着た〝新義安〟の護衛が立って周囲を警戒しているからだ。

この日はヤング・シャーはいなかった。きっと今夜は横浜ベイクォーターの他のレストランか、中華街の名店『慶珍樓』の個室で食事をするのだろう。

だが、店の前を素通りしようとした時に、ロンホワンは面白いものを見つけた。店の入口の横に大きな〝海報〟（ポスター）が掲げられ、そこにこう書かれていた。

〈——春節包租三合会酒会——〉

〝春節に三合会による貸切のパーティーが行なわれる〟という告知だった。その冒頭に、一月二二日という日付と、午前一時という時間も入っていた。

〝三合会〟は、〝新義安〟も所属する中国黒社会の秘密結社だ。すべて中国語で書かれているということは、この深夜のパーティーの客も中国人だということだ。

この横浜周辺に巣食う〝三合会〟の顔ぶれが、この店に一堂に会して〝春節〟の新年会をやるということか……。

そうなれば『深圳謝樓』のオーナーであり〝新義安〟の顔役でもあるヤング・シャーも当然、パーティーの主催者として出席するはずだ。

どこか、罠の匂いがした。

昔、匈奴との戦いの折、後漢の班超は部下にこういった。

――不入虎穴、不得虎子（虎穴に入らずんば虎子を得ず）――。

罠なら罠で、敵の計策にはまってみるのも面白い。

いずれにしても、三日後にはすべて片が付いているだろう。


一月二二日、日曜日。

春節――。

前日に行なわれる横濱媽祖廟での華やかなイベントから、新年のカウントダウンが始まる。

午前零時と同時に打ち上げ花火の号砲が鳴り、横浜の夜空を焦がす。

以後、中華街は二月五日の元宵節燈籠祭までの二週間にわたり、自体がまるで火薬庫のように爆ける祝祭の期間に入る。

ロンホワンは花火が焦がす夜空を見上げ、硝煙の匂いを嗅いだ。そしてM―65ジャケットのフードを被り、喧噪から逃れるように中華街の裏通りを歩いた。

深夜の香港路は、閑散としていた。

遠くから花火と爆竹の音が聞こえてくるが、店の明かりが消えた路地には誰も歩いていない。

ロンホワンの前に黒猫が現れ、一瞬立ち止まってこちらを振り返り、また路を横切って闇の中に消えた。

『深圳謝樓』の看板にだけは、まだ明かりが灯っていた。

店の前に立つ。入口のドアの横には、まだこの前の〝海報〟が貼ってあった。どうやら〝春節〟のこんな時間に〝酒会〟があるというのは、本当らしい。

だが、ロンホワンはその横に新たに貼り出された小さな〝海報〟を見て、首を傾げた。

〝主持者〟(主催者)謝炎基の下に一〇人ほどの出席者——すべて中国人だ——の名前が並び、最後にこう書かれていた。

〈——熱烈歓迎、狼鑵——〉

〝狼鑵〟だって?

自分のことだ……。

腕時計を見た。あと五分ほどで、午前一時になる。

時間はちょうどいい。

ロンホワンは顔にピエロのラバーマスクを被り、何かに吸い寄せられるように『深圳謝樓』のドアを押した。

ヤング・シャーは用心深い男だった。

――君子不立于危墻之下（君子危うきに近寄らず）――。

何事にも慎重で、あえて危難を冒すことなく、自分の幸運を頼りに事を急ぐことを嫌う。不用に敵を作ることを潔しとせず、無益な戦いを好まない。

だが、もっと嫌いなことがある。

自分が、必要以上に臆病になることだ。

〝前門の虎〟に背を向けて逃げても、必ず〝後門の狼〟が待ち伏せている。それならば別の方法で敵を排除し、活路を見出すべきだ。その二つの主義を守ってやってきたからこそヤング・シャーは中国の黒社会でここまで生き残ってきたし、のし上がってもこられたのだ。

〝狼獾〟という男に命を狙われていると知った時から、ヤング・シャーはいつもよりさらに用心深く振るまった。〝新義安〟の護衛を二人から四人に増やし、横浜の〝三合会〟との連携を深めた。そしていまは、一〇人の顔役と共に春節を祝いながら、こうして〝殺し屋〟が目の前に現れるのを待っている。

もしその男に背を向けて逃げれば、自分はもう中国の黒社会の顔役として生きてはいけなくなるだろう。

だからといって、このヤング・シャーの命を狙う男をただ殺してしまうのは、あまりにも惜しい。

そしてその〝狼獾〟という〝殺し屋〟を自分に差し向けたのは、何者なのか……。

それを知ることが、〝重要的任務〟だ。

殺すなら、その後でもかまわない。

入口のドアが開く音が聞こえた。

「来了《ライラ》（来たな）……」

ヤング・シャーの両側から、四人の護衛が立った。


店に入ると、入口に赤白のチャイナドレスを着た美しい女が立っていた。美菱だった。

女はうっとりと微笑んで一礼し、ピエロのマスクを被るロンホワンを招き入れた。ゆっくりと体を回転させ、ロングドレスの裾を床に滑らせるように歩きながら、店の奥へと導いた。ロンホワンはその後ろについていった。

女は三国志の風景が彫られた衝立の前で止まり、手の平を返してさらに奥へと進むように促し、自分はそこで引き下がった。

ロンホワンは、衝立の奥へと進んだ。

前方に豪華な料理を飾った丸テーブルが三つあり、その周囲に中国服を着た男たちが十数人、座っていた。

真中のテーブルの中央正面に、白い中国服を着たヤング・シャーがいた。

ヤング・シャーが微笑む。

指先で、何か小さな合図をしたように見えた。

同時にヤング・シャーの両側に立っていた四人の男たちの内の二人がテーブルの前に移動し、あとの二人がこちらに歩いてきた。

ロンホワンの目の前に、二人が立ち塞がった。

「你《ニイ》是《シー》〝狼玃〟先生《シエンション》嗎《マ》？」

男の一人が訊いた。

「是《シー》（そうだ）……」

ロンホワンが答える。

「手を上げて、頭の上で組め」

もう一人が銃を向けているので、仕方なくそうした。

男たちが、ロンホワンの体を探った。一人がロンホワンの上着の下のホルスターから銃を抜き取り、それを背後の男たちに掲げた。そして、いった。

「有一《ヨウイー》把《バー》枪《チアン》（銃があったぞ）！」

ロンホワンは、溜息を洩らした。

今夜は銃撃戦になることを予想し、以前に〝新義安〟の〝殺し屋〟から奪ったロシア製のマカロフ自動拳銃を用意してきたのだが。それを、取り上げられてしまった……。

「前に進め」

二人に銃を突き付けられていたので、仕方なく頭の後ろで手を組んだまま前に進んだ。

そしてヤング・シャーが座るテーブルの、正面に立った。

「お前が、〝狼䥫〟か？」

ヤング・シャーが温かな笑みを浮かべ、訊いた。

「そうだ、ロンホワンだよ……」

仕方なく、そう答えた。

「私を、殺しに来たのか？」

「そうだ。殺しに来たんだ……」

ロンホワンがいうと、周囲の男たちから失笑が洩れた。ヤング・シャーも、笑った。

「なぜ、私を殺すんだ？」

「そう……ぼくは、〝殺し屋〟だから……」

ロンホワンが答える。

「〝殺し屋〟なら、お前を雇った者がいるはずだ。誰に、頼まれた？」

ヤング・シャーが訊いた。

「それは、いえないよ……」

「どうしてだ？」

「どうしてって……ぼくは、プロの〝殺し屋〟だからだ。もし雇い主の名をいったら、〝掟〟を破ったことになるだろう……」

周囲から、また失笑が洩れた。

「別に〝掟〟にこだわることはないだろう。お前はその雇い主に、いくら貰うんだ?」

「それも、いえないよ……」

たった二〇〇万円でヤング・シャーを殺しに来たなんて、いえる訳がない。

「わかった。いわなくてもいい。それならば、こうしよう。私は君に、いまここで二〇万ドル払う。日本円でだ。その金で、君の〝仕事〟を買おう……」

ロンホワンは、頭の中で計算した。

二〇万ドル、およそ二五〇〇万円だ……。

ヤング・シャーが続けた。

「今日はここで我々と共に春節を祝い、この素晴らしい料理を味わって、金を持って帰ればいい。そして春節が明けたら、私の命を狙うその男を殺してもらいたい……」

ヤング・シャーがテーブルの上で指を組み、おっとりと笑った。

「でも、それは……」

周囲ではこの酒会に参加している男たちが、ただ黙って料理を食い、酒を飲んでいる。

「心配することはない。私は、けっして、借りを忘れない。私は、この日本で成功するために、君のような頼れる友人が必要だ。今後、私は君に〝仕事〟を出すし、君は私を助けてくれる仲になる。お互いに、豊かな未来を共有できる。〝昨天的敵人会是今天的朋友〟というだろう」

そしてまた、ヤング・シャーがおっとりと笑う。

「昨日の敵は今日の友……。それは、無理だよ……」

ロンホワンは頭の後ろに組んだ手で、M—65ジャケットの襟のフードポケットからM36リボルバーを素早く抜いた。

左側の男を撃った。

体を回転させ、右側の男も撃った。

最後に正面に銃を向け、ヤング・シャーの額を狙い、引き鉄を引いた。

バン！

一瞬、ヤング・シャーの美しい顔が鬼のように歪んだ。

血飛沫をぶち撒け、摑んだテーブルクロスと料理と共にヤング・シャーの体が崩れ落ちた。

ロンホワンは弾倉に二発弾が残った銃を周囲に向け、見渡した。

一〇人ほどの〝三合会〟の客たちは料理を食べていた箸を止め、口を開いたまま、惚けたように固まった。

先程のチャイナドレスの女が奥から出てきて、床にころがっている三つの死体を見て悲鳴を上げた。

ロンホワンは同時に身を翻し、店の入口に向かって走った。

背後で、銃声が鳴った。その一発が、ロンホワンの背中に当った。

もんどり打って、倒れた。だが、瞬時のうちに起き上がり、店の外に逃げた。

激痛をこらえ、よろけながら、深夜の中華街を走った。後ろから、無数の足音と中国語の怒号が追ってきた。

——制伏《ジーフー》（捕まえろ）！　制伏！　制伏！——。

——殺《シャー》！　殺！　殺！　殺！　殺——。

後ろを振り返らずに、逃げた。

どこからか、無数の銃声が聞こえてきた。

いや、違う。これは、銃声じゃない……。

爆竹の音だ……。

断続的に、激痛が疾る。意識が、朦朧としてきた。

それでもロンホワンは、走り続けた。

銃で撃たれるのは、これが初めてという訳じゃない。

このくらいの傷で、簡単には死なない。わかっている……。

路地に飛び込み、影の中を抜けた。

足元を、大きなドブネズミが横切った。また路地に飛び込み、路地を抜けた。

背後からは、まだ中国語の怒号が追ってきていた。

——制伏！　制伏！　制伏！　制伏！——。

——殺！　殺！　殺！　殺！　殺！　殺！　殺！——。

だが、その声が、次第に遠くなりはじめていた。

ロンホワンは、いつの間にか中華街を出ていた。知らない街角を、よろけながら走る。暗い風景が、歪んだ。目の前に大きな通りがあり、煌々とライトを照らしたトラックが、地響きと共に走り過ぎていく。

ロンホワンは、道路を渡った。向かってきたトラックが、けたたましくクラクションを鳴らした。

道を渡り切り、夜空を見上げた。

頭上には高速道路の高架が聳え、星も月も見えなかった。橋があり、その下を覗くと、漆黒の闇のように暗い川が流れていた。

川の水面には、何艘ものバージ（艀《はしけ》）が浮いていた。

ロンホワンは橋の欄干をよじ登り、そのバージのデッキの上に落ちた。

背中に激痛が疾った。こらえながら、ゆっくりと起きた。

暗い水面を覗くと、下にボートが舫《もや》ってあった。手を伸ばしたが、届かない。

ロンホワンはデッキの上をころがり、ボートの底に溜まった水の中に落ちた。

また激痛が疾り、息が止まった。

体が動くようになるのを待って、腕を伸ばした。

指先が、ロープに触れた。その舫いを解くと、ボートがバージからゆっくりと離れた。

暗い川の流れに乗って、静かに下っていく。

頭上の高架にはトラックが行き来し、遠くからは中国語の怒号が聞こえてくる。

——去哪儿了《チーナーラ》（どこに行った）！　去哪儿了！　去哪儿了！——。

——找《ジャオ》（捜せ）！　找！　找！　找——。

——殺！　殺！　殺！　殺！　殺！——。

だが、その声も次第に遠ざかっていき、聞こえなくなった。

やがて、ロンホワンは夢を見た。

川に落ちて、流されていくキツネの夢だった。

だが、朦朧とする意識の中でいくら考えても、その物語の結末を思い出せなかった。

8

亜沙美は名前を呼ばれたような気がして、目を覚ました。

ロンホワンの声だった。でも、夢か……。

ベッドの上に、体を起こした。自分は裸で、隣に知らない外国人の男が寝ていた。男も、裸だった。

ベッドサイドの時計を見ると、もう午前二時を過ぎていた。

どうして、ロンホワンの声が聞こえたのだろう……。

亜沙美は、隣で寝ている男の顔を見ながら考えた。あれは確かに、ロンホワンの声だった。錯覚なんかじゃない。

あの人に、何かあったのだろうか……。

横浜に〝仕事〟に行くといっていなくなってから、もう一〇日以上も会っていない。貸した携帯も持っていかなかったので、連絡も取れない……。

何もなければ、いいんだけども……。

「アサミ、どうしたの？」

男が目を覚まし、亜沙美の体に手を伸ばしてきた。

「ううん……何でもない……」

亜沙美は男の太い腕の中に、潜り込んだ。

男が亜沙美の体を抱き寄せた。やさしくベッドに押さえつけられて、胸を吸われた。

亜沙美はロンホワンのことを想いながら、小さな声を出した。

9

一月二二日、朝――。

赤坂警察署刑事課の中瀬卓警視は、横浜にいた。

〝本社〟（警察庁）時代の部下、荻原健太《おぎわらけんた》警部補から「今日の未明、中華街で38口径のリボルバーを使った〝殺人〟が起きた――」という報告を受けたからだった。

荻原も中瀬と同じ八年前の一件で〝本社〟の〝外事〟を追われ、いまは〝支社〟――

神奈川県警――の警備部〝公安〟に出向させられている身だ。今回の〝事件《ヤマ》〟は加賀町警察署が〝所轄〟になるが、中瀬も荻原も元は〝本社〟の人間だ。〝現場《ゲンジョウ》〟に顔を出しても、文句をたれる奴はいない。

報告によると〝事件〟の現場は中華街香港路の『深圳謝樓』の店内。店員の説明では昨夜から今日の未明にかけて中国人の団体による春節の酒会があり、そこで酔った客同士の喧嘩が始まり、撃ち合いになった。その撃ち合いで、客の男が二名ないし三名、死んだ――。

「なぜ〝被害者《ガイシャ》〟が二名ないし三名なんだ……?」

中瀬が〝現場〟の『深圳謝樓』の店内を歩きながら、荻原に訊いた。

店の床には、まだ死体がころがっていた人形《ひとがた》の白墨の跡が二つ、残っていた。

「通報を受けて〝所轄〟の連中が駆けつけたのが午前三時半ごろ……。その時は床にマークがあるように、死体は二つだったそうです。死亡推定時刻は、午前一時ごろ。しかし、床に残っていた血痕を鑑定したところ、血液型は四人分……」

「四人分?」

これでますます、わからなくなった。

「つまり、こういう訳なんですが……」

荻原がそう前置きして、説明する。

まず、所轄が確認して収容した死体は年齢二十代から三十代と見られる男のものが二つ。二人とも、38スペシャルのホローポイントで心臓を撃たれていた。

その二人のものとは別に、丸テーブルの後ろの床にも大量の血痕がひとつ。その量からして、これも死んでいるだろうということだ。だが、通報者の中国人の店員は「知らない……」の一点張りで、三人目の死体はいまも見つかっていない。

中瀬はテーブルの裏に回り、三つ目の血痕を確認した。

確かにこれだけの量の失血があれば、その人間は死んでいるだろう。しかも背後の壁には、38口径のものと思われる弾痕と、その〝被害者〟の脳の破片も大量に付着していた。

つまり、銃撃戦の起きた午前一時ごろから一一〇番通報があった午前三時半までの二時間半の間に、一人の死体を〝隠した〟ということか。理由はわからないが……。

「四人目の血痕は？」

中瀬が訊いた。

「店の入口の方です……」

荻原について行くと、確かに入口周辺のカーペットの白墨のしるしの中に、点々と血痕が残っていた。その血痕は店の中から、表の路上にまで続いていた。その後は香港路を、元町の方に向かっていた。

この血痕の主は、銃弾を受けながらも店の外に走って逃げたということか……。

出血の量からして、確かに〝死んでいない〟可能性はある。

「〝被害者〟の身元は？」

「〝指紋《モン》〟を〝本社〟の方に照会しました。二人とも、中国黒社会の〝新義安〟のメンバーでした。ちなみに、この〝深圳謝樓〟のオーナーも、〝新義安〟の謝炎基……別名ヤング・シャーという男です。死んだ二人はどちらも〝殺し〟で手配中で、いまは日本にいないはずなのに、なぜこんなところに死体があったんだか……」

荻原がそういって、苦笑した。

だが、それだけのことがわかれば、この〝事件〟の全体像に関してはある程度の推論が成り立つ。

昨日の深夜から今日の未明にかけて、この『深圳謝樓』という店で〝新義安〟を含む中国黒社会の顔役たちの酒会があった。その席を一人の〝殺し屋〟が襲撃し、三人を射殺して、自分も銃弾を受けて逃走した。殺された三人目の男は、おそらくこの店の持主のヤング・シャーだろう。

問題は、〝やった〟のは誰かということだ……。

38口径のリボルバーを使いこなし、中国黒社会の顔役の酒会を襲い、三人も殺して逃げるような奴は一人しかいない。

〝クズリ〟だ……。

「荻原、他の三人はどうでもいい。その入口に残っている血痕だけ、サンプルを採取しておけ。帰ったら、ＤＮＡ鑑定に掛ける」

「わかりました」

中瀬がいった。

荻原がポケットナイフの刃を立て、カーペットの血痕を削り、それを証拠保存用のビニール袋に入れた。

「使われた38口径の弾頭からライフルマークが出たら、教えてくれ」

「わかりました。他には？」

「この件を〝おれたち〟が調べていることは、〝支社〟や〝支店〟の奴らに知られるな。〝奴〟は、おれの獲物だ」

「中瀬さん、わかってますよ。もしこの件がうまくいけば、我々は〝本社〟に戻れるかもしれない……」

そのとおりだ。

荻原は、よくわかっている。

中瀬は店の外に出てマールボロを一本咥え、ジッポーで火をつけた。

横浜が路上喫煙禁止だなんてことは、知ったこっちゃない。

歩きながら、考える。

まあ、急ぐことはない。

いま〝クズリ〟が〝殺って〟いるのは日本の法律の手が届かない〝悪〟ばかりだ。この先、中国人のヤクの売人や黒社会の顔役がいくら消されても、誰も困らない。

やりたければ、〝殺れ〟ばいい。おれたち警察の手間が省けて、この汚い日本が少しばかり綺麗になるだけだ。

掃除が終わったら、ゆっくりお前を仕留めてやる。

それまで、死ぬんじゃねぇぞ……。

中瀬は歩きながらマールボロの煙を肺の奥まで吸い込み、冷たい大気に吐き出した。

・初出

第一話　「小説推理」二〇二一年五月号
第二話　「小説推理」二〇二二年七月号
第三話　「小説推理」二〇二二年一〇月号
第四話　「小説推理」二〇二三年二月号
第五話　書き下ろし

双葉文庫

し-33-08

殺《ころ》し屋商会《やしょうかい》

2023年5月13日　第1刷発行

【著者】
柴田哲孝《しばたてつたか》

【発行者】
箕浦克史
【発行所】
株式会社双葉社
〒162-8540 東京都新宿区東五軒町3番28号
［電話］03-5261-4818（営業部）　03-5261-4831（編集部）
www.futabasha.co.jp（双葉社の書籍・コミックが買えます）
【印刷所】
大日本印刷株式会社
【製本所】
大日本印刷株式会社
【カバー印刷】
株式会社久栄社
【DTP】
株式会社ビーワークス

【フォーマット・デザイン】
日下潤一

ISBN978-4-575-52661-5 C0193
Printed in Japan

JASRAC 出 2302518-301